KB002546

잘
쓰
겠
습
니
다

일탈 강사 김연준이 들려주는
솔직담백 글쓰기 라이프

잘
쓰겠습니다

김연준 지음

서교출판사

연어는 강에서 태어나 바다로 나갑니다. 알을 낳을 쯤이면 다시 강을 거슬러 돌아옵니다. 이런 연어의 습성은 문학을 하는 사람과 참 닮아 있습니다. 다른 일을 하다가도 습성적으로 다시 문학으로 돌아오니까요. 저역시 그랬습니다.

저는 스물여섯 살에 「레귤러 가족」이라는 단편 소설로 등단해 스물여덟 살까지 글만 쓰다가 돈을 못 버니 도저히 답이 없겠다 싶어 글쓰기를 그만두었습니다. 그로부터 2년 동안 미용 모델 일을 하기도 하고 취업 준비도 했습니다. 한국사능력검정시험을 치렀고, 토익 학원을 다녔습니다. 작가로서 누렸던 편의가 무색할 만큼 준비할 것투성이였습니다. 가장 큰 문제는 글만 써온 사람이라 어느 회사에 가나 잘 할 수 있는 일이 없었다는 겁니다. 뜻대로 일이 풀리지 않던 어느 날 문득 이런 생각이 머릿속을 스쳐 지나갔습니다.

'내가 좋아하는 글쓰기로 돈을 벌어 보면 어떨까?'

한 프리랜서 플랫폼에 정성껏 프로필을 등록했습니다. 결과는 어땠을까요? 저는 한 달 만에 30명의 학생과 개인 레슨을 진행하게 됐고, 1년 만에 전업 글쓰기 강사로 자리잡을 수 있었습니다. 그동안 읽었던 책과 수많은 습작이 알게 모르게 큰 도움이 됐던 것이죠. 글이 꼴도 보기 싫어 도망쳤는데 다시 돌아온 곳이 글쓰기라니! 게다가 선생님이라니! 인생은 이렇게 생각지도 못한 곳으로 엉뚱하게 흘러가는 것인지 모르겠습니다.

글쓰기 강사가 되고 많은 학생을 만났습니다. 저처럼 하고 싶은 말이 목 끝까지 차오르는 그분들의 마음을 더듬어 보며 글쓰기 소재를 함께 발굴해주었죠. 짧게 수업하든, 길게 수업하든 학생들은 제게 무한한 영감을 주고 떠났습니다. 행복했던 시간을 되돌아보니 많은 글쓰기 소재까지 남겼더군요.

정현종 시인의 「방문객」이라는 시에서는 '사람이 온다는 건 실은 어마어마한 일'이라는 구절이 나옵니다. 그의 과거와 현재 그리고 미래가 함께 오기 때문이죠. 글쓰기 수업을 졸업한 분들은 그동안 좋은 추억이 쌓였는지 종종 근황을 알려줍니다. 어쩌면 우리는 잠깐 스쳐 가는 인연이 아니라 서로에게 '방문객'이었는지도 모르겠습니다.

『잘 쓰겠습니다』는 학생들이 제게 남긴 영감과 글쓰기 수업을 하며 느낀 짧은 생각들을 엮은 에세이입니다. 글을 쓰고 싶어 하는 분들에게 도움이 될 만한 내용도 함께 수록했습니다. 처음 글을 쓰던 시절, 글쓰기에 대한 열망은 강한데 함께 이야기할 친구가 없어 막막했던 기억이 떠오릅니다. 저와 같은 분들에게 위로가 됐으면 하는 마음으로 이 책을 썼습니다. 나만의 글을 써보고 싶은 분들, 글쓰기 수업을 듣는 학생들의 마음이 궁금하신 분들이 이 책을 통해 용기를 얻고 많은 영감을 받아가셨으면 좋겠습니다.

2024년 새해를 맞이하며
김연준

03

글쓰기 그 이상의 글쓰기

PART 2 | 글쓰기 원데이 클래스

잘
쓰
겠
습
니
다

Part | 1

글 쓰는 일의 핵심은

독자와 당신의 삶을 풍성하게 만드는 것이다.

– 스티븐 킹 Stephen King(미국 소설가)

01

삶을 담아내는 글쓰기 수업

글쓰기에 타고난 재능이 있나요?

깊이 있는 글을 쓰는 학생들

"글쓰기에 타고난 재능이 있나요?"

처음 글을 써보는 학생들은 걱정 어린 눈망울로 이렇게 질문하곤 한다. 자신에게는 타고난 재능이 없는 것 같은데 어떻게 해야 할지 모르겠다는 것이다.

결론부터 말하자면 글쓰기에 타고난 재능을 가진 사람이 있을 수는 있겠지만 그것이 전부는 아니다. 글쓰기란 노력을 통해 얼마든지 부족한 부분을 채울 수 있는 분야이기 때문이다.

우리 집으로 말할 것 같으면 나 빼고 모두 이과생이다. 아빠는 화학교육과, 엄마는 생물학과, 언니는 건축학과, 남동생은 수학과를 나왔다. 눈을 씻고 찾아봐도 글 쓰는 사람이 나올 리 없는 집안이다.

하지만 나는 어릴 적부터 늘 자유롭고 창의적인 분야에 끌렸고 과학과 숫자보다는 문학과 예술에 더 관심이 쏠렸다. 집안에서는 돌연변이 같은 존재였지만, 가족들은 이런 나의 선택을 존중하고 지원해 주었다. 유전자도 중요하겠지만, 결국은 살아온 환경이나 경험이 자신의 앞길에 더 큰 영향을 미칠 수 있다는 생각이 든다.

처음 글을 쓰던 때가 떠오른다. '나는 재능이 없는 것 같은데 어떡하지'라는 생각으로 가득 찼던 시절이었다. 내가 글 쓰는 것을 아는 한 선생님께 이렇게 말씀드렸다.

"저는 재능이 없는 것 같아요."

돌아온 대답이 인상 깊었다.

"그럼 누가 재능이 있는 것 같은데?"

그날 이후 나는 글을 잘 쓰고 싶다는 욕심에 사로잡혔다. 잘 쓰고 싶어서 책을 정말 많이 읽었다. 도서관에서 살다시피 하면서 그곳에 있는 책들을 모조리 읽었다. 한 번에 열 권을 대출할 수 있다면 열 권을 다 대출해서 읽었고, 반납하고 빌려오기를 하루에 두세 번씩 반복했다.

분야도 가리지 않았다. 자기계발서, 경영학, 에세이, 심지어 아동 코너에 있는 동화까지 재미있게 읽었다. 이렇게 읽은 책들은 다른 장르의 글을 쓸 때 큰 도움이 됐다. 동화책에서 본 그림 하나가 소설의 모티프가 됐고 소설에서 읽은 구절들이 에세이의 재료가 됐던 것이다. '글을 잘 쓰려면 책을 많이 읽어야 한다'는 나의 신념은 지금도 변하지 않고 있다.

나는 글쓰기에서 가장 중요한 것이 '감각'과 '깊이'라고 생각한다. 글은 작가의 내면을 반영하고, 감정과 생각을 표현하는 창구이기 때문이다. 평소 옷 입는 센스가 남다른 사람이 문장에서 색다른 표현을 쓴다든지 통찰력이 뛰어난 사람이 유독 깊은 글을 쓰는 것은 그만큼 글 쓰는 사람의 감각과 깊이가 중요하다는 것을 보여준다.

하지만 이러한 감각과 깊이는 하루 아침에 생겨나는 것이 아니다. 끊임없이 자신의 글을 고쳐나가는 과정에서 자신만의 글쓰기 스타일을 발견할 수 있다. 처음부터 완벽한 글을 쓰려고 하기보다는 자신만의 독특한 관점을 발견하는 것이 중요하다.

내가 가르친 학생 중에서도 피나는 노력으로 글을 잘 쓰게 된 분이 있다. 전에 에세이 책을 몇 권 냈던 작가였는데 이번에는 소설에 한번 도전해보고 싶다고 했다. 학생에게는 소설과 에세이의 갭을 넘는 게 큰 복병이었다. 처음에는 에세이 쓰듯 소설을 썼다. 물론 소설은 자전적인 면이 있기에 작가의 이야기가 녹아들어가는 것은 맞다. 하지만 그녀의 글에는 소설에 꼭 필요한 허구적 요소가 너무나 빈약했다. 무엇보다 내용에 깊이가 없었다. 작가가 치열하게 고민하다 보면 자연스럽게 글에도 깊이가 묻어나오는 법인데, 그녀의 소설에서는 그런 면이 부족해보였다.

하지만 학생에게는 글을 빨리 쓴다는 장점이 있었다. 단편 소설 초고 하나를 하루만에 완성할 정도로 글을 빨리 썼다. 그런 장점을 살려 짧은 기간에 많은 습작을 만들어냈다. 이틀에 한 번꼴로 고친 글을 보내와 계속 피드백을 받았다. 퇴고를 거듭하는 과정에서 글의 디테일이 살아났고 깊이도 더욱 깊어져갔다.

6개월 동안 소설집으로 엮을 수 있을 만큼의 단편을

썼고, 장편도 세 편이나 완성했다. 다섯 군데의 공모전에 당선되는 기쁨도 맛보았다. 학생을 지켜보며 '결국 포기하지 않고 끝까지 쓰는 사람이 좋은 글을 쓰는구나'라는 생각을 하게 됐다.

성공한 사람은 대체로 꾸준히 자신의 일에 매진해온 이들이었다. 겁쟁이 같았던 과거의 모습을 떠올려보니 그런 걱정을 할 시간에 '한 글자라도 더 적었으면 좋았을 걸' 하는 생각이 든다.

과거의 선택과 노력이 지금의 나를 이룬다. 타고난 재능이 있다고 할지라도 그것을 발휘하지 않고 노력하지 않는다면 결과는 달라지지 않을 것이다.

나는 왜 쓰는가

사심을 채우려고 글을 쓴다는 학생

수업 시간에 학생들에게 글을 왜 쓰는지 물어본 적이 있다. 평소와 다르게 갑자기 진지한 타임을 가졌다. 학생들은 저마다 다른 대답을 내놓았다.

"진중한 성격이라 글 쓰는 일을 해보면 좋을 것 같아서요."

"가슴 뛰는 삶을 살고 싶어서요."

"저만의 팬이 생겼으면 해서요."

그 가운데 한 중학생의 대답이 인상 깊었다.

"제 사심 채우려고요."

사심의 사전적 정의는 '사사로운 마음 또는 자기 욕심을 채우려는 마음'이다. 학생이 말하는 사심이 정확히 무슨 뜻인지 궁금해 좀 더 구체적인 대답을 해줄 수 있는지 물었다. 학생의 대답은 이랬다.

"현실에서는 이룰 수 없는 상상을 하거나 제가 되고자 하는 모습을 캐릭터에 입혀서 갈증을 해소하는 거죠."

요새 중학생은 나이답지 않게 성숙한 걸 안다. 하지만 이런 대답이 돌아오다니 놀라울 뿐이었다. 나는 이 학생의 대답에서 글 쓰는 이유에 대한 흥미로운 관점을 엿볼 수 있었다.

글을 쓰는 이유는 각자 다를 수 있지만, 많은 사람들에게 글쓰기는 표현과 소통의 수단이 된다. 자신의 내면을 탐구하고 다른 사람들과 생각, 감정, 경험을 공유할 수 있기 때문이다.

글을 쓰는 것은 글쓴이의 성장과 발전에도 도움이 된다. 글쓰기를 하려면 생각과 아이디어를 정리하고 구조화하는 과정이 필요하기 때문이다. 이를 통해 우리는 더 명확하게 생각할 수 있고, 새로운 관점을 발견하거나 창의적인 해결책을 찾을 수 있다.

무엇보다도, 글쓰기는 감정을 해소하고 안정감을 찾는 데 도움을 준다. 표현하기 어려웠던 감정을 자유롭게 표출할 수 있고, 그로 인해 내면의 갈등을 해소할 수 있기 때문이다. 글쓰기는 상상력을 발휘하여 현실에서 이루기 힘든 꿈과 열망을 실현하는 수단이 될 수도 있다. 그 학생의 대답처럼, 사심(?)을 채우거나 갈증을 해소하기 위해 글쓰기를 즐기는 사람도 많다.

이처럼 글을 쓰는 이유는 다양하고 개인적인 경험과 목적에 따라 다를 수 있다. 글을 쓰는 행위는 우리의 내면을 탐구하고, 자신의 목소리를 발견하는 과정이다.

안과 의사인 한 학생은 초등학생 때 이야기를 했다. 방학 숙제로 한 달 치 일기를 하루 만에 몰아서 썼는데 그때 '러너스 하이'와 비슷한 느낌을 받았다고 했다. 그때 기분을 잊을 수가 없어서 글을 쓴다고 했다.

공대생 같지 않은 외모로 '국어 선생님'이라는 별명을 가지고 있는 한 여학생은 자신이 진지하다고 했다. 진지한 성격을 표현하고 싶어서 글을 쓴다고 했다. 이처럼 글 쓰는 사람들은 인생을 진지하게 받아 들이는 측면이 있다. 이 학생은 실제로 내가 웃기려고 한 말도 고개를 끄덕이면서 진지하게 받아들이곤 했다.

핸드폰을 팔면서 연매출 100억원을 찍었다는 학생은 수익 창출을 위해 전자책을 쓴다고 했다. 글을 써서 돈을 벌고 싶은 마음이 있었던 것이다. 돈을 잘 벌고 돈의 중요성을 아는 사람은 이렇게 글쓰기를 수익 창출 수단으로 생각할 수도 있는 것 같다.

조지 오웰은 에세이 「나는 왜 쓰는가」에서 글을 쓰는 이유를 네 가지로 정리한다.

첫째, 자신을 돋보이게 하는 순전한 이기심
둘째, 내가 본 아름다움에 대해 쓰는 미학적 열정
셋째, 진실을 알리기 위한 역사적 충동
넷째, 타인에게 공감을 얻고 사회에 영향을 끼치기
위한 정치적 열망

나는 여기에 몇 가지를 더 추가하고 싶다. '세상에 하고 싶은 말이 많아서'라는 이유와 '치유의 기능으로서의 글쓰기'다. 작가는 하고 싶은 말이 있어야 한다. 그래서 끊임없이 소재가 떠올라야 한다. 가끔 학생들 가운데 "쓸 소재가 없어요"라고 하는 분이 있는데, 이 말은 세상에 하고 싶은 말이 없다는 것과 같다.

또 글쓰기에는 치유의 기능이 있다. 우리가 기분 나쁜 일이 있을 때 친구한테 카톡으로 '나 이런 일 있었어'라고 털어놓으면 마음이 좀 가라앉고 차분해지는 것처럼, 자신의 이야기를 적어내려가다 보면 어딘가 치유받는다는 느낌을 받게 된다. 실제로 학생들 중에서도 치유의 글쓰기를 원하는 사람이 꽤 많았다.

가장 기억나는 학생은 사별의 아픔을 가지고 계셨던 여성 분이었다. 사별한 지 3년밖에 되지 않아 아직 아픔이 남아 있는 듯했지만, 담담하면서도 유머러스한 필치로 자신의 이야기를 써내려갔다. 읽는 내내 잔잔한 여운이 느껴져 글을 통한 치유의 효과를 다시 한 번 확인할 수 있었다.

내가 글을 쓰는 가장 큰 이유는 자기표현을 위해서다. 창의성을 발휘해 예술적 재능을 펼칠 수 있고 감정이나 생각을 정리하며 미처 몰랐던 자아를 발견하기도 한다.

조지 오웰은 자신이 글을 쓰는 동기 가운데 어떤 것이 가장 강한 것인지 확실히 말할 수는 없다고 했다. 그런 의미에서 학생들이 말한 이유는 다 맞고 동시에 다

틀리다. 우리는 결코 자신이 글을 왜 쓰는지 모른다. 그 냥 쓸 뿐이다. 그걸 알아가기 위해 오늘도 쓴다.

01 삶을 담아내는 글쓰기 수업

실패한 인생도 글로 승화시키기
파혼의 경험으로 탄생한 버진로드

글쓰기 선생님을 하다 보면 고고학자처럼 학생들의 내면을 들여다보고 소재를 발굴해주는 일을 하게 된다. 첫 수업 시간에는 앞으로 쓸 글에 대해 주로 이야기를 나눈다. 소재를 정해온 학생도 있지만 그렇지 못한 학생도 있다. 그런 학생들에게 나는 질문을 던진다.

"사는 이야기 좀 해주세요."
"관심사가 뭐예요?"

처음에는 쭈뼛거리던 학생도 이야기를 하나하나 풀어가다 보면 어느새 자기 이야기를 담담하게 꺼내놓게 된다. 이렇게 나온 이야기는 글쓰기 소재가 되고, 나는 학생들이 이를 작품으로 발전시킬 수 있도록 돕는다. 실제로 이런 방법으로 완성한 작품이 한두 편이 아니다.

그 가운데 내가 정말 발굴을 잘해줬다고 생각하는 학생이 있다. 그녀를 처음 만난 건 서울 익선동에 있는 한 예쁘고 분위기 좋은 한옥 카페였다. 이 학생은 소설이 아닌 희곡을 쓰겠다고 찾아왔다. 연극을 좋아해서 늘 마음 한 구석에 공연을 위한 글을 쓰고 싶다는 꿈이 있다고 했다. 수업을 통해 특별히 얻고 싶은 것이 있는지 묻자 학생은 조용히 말했다.

"결혼 준비를 하는 내내 제가 누구인지 느낄 수 없었어요. 부모님이 요구한 규칙과 기대에 얽매이면서 자유롭게 살지 못하고 있다는 느낌이 들었어요. 살면서 한 번도 틀을 못 깨 본 것 같아요. 그래서 평범한 회사원이 된 거죠."

서른셋이었던 이 학생은 나이가 나이인 만큼 결혼과 삶에 대해 많은 고민을 하고 있었다. 자신을 가두고 있는 틀을 깨고 새로운 경험과 시도로 자유로워지고 싶다는 강한 욕구를 품고 있었다. 나는 학생의 이야기를 듣고 글쓰기를 통해 자신을 깨고 표현할 수 있는 기회를 제공하고 싶었다. 그녀는 이런 말을 했다.

"5년을 만난 남자친구랑 헤어졌어요. 결혼 준비까지 하고 있었는데 결국 파혼을 하고 말았죠."

파혼? 좀 예민한 주제이기에 상처를 받을지도 몰랐지만 나에게는 솔깃한 단어였다. 학생의 내면을 좀 더 파헤쳐 보자는 생각이 들었다.

그녀는 결혼을 하려다 문득 자신이 여성성이라는 틀 안에 스스로를 가두고 있는 것은 아닐까 하는 생각이 들었다고 했다. 평생을 크리스천으로 살아온 데다 남자친구마저 '유교보이'였으니 얼마나 답답한 심정이었을까 싶었다.

뒷 이야기는 더욱 가관이었다. 둘은 결혼을 약속하고 결혼식장까지 예약한 상태였다. 그런데 파혼으로 예약금을 돌려받아야 하는 상황에 놓이게 되자 다시 친한 척 합세를 해 돈을 받아냈다고 했다. 듣고 보니 굉장히 드라마틱한 상황이었다. 나는 학생이 이야기를 시작할 수 있도록 도입부를 생각해냈다.

"그럼 시작을 이렇게 할까요? 결혼식장에서 두 주인공이 예약금을 환불받으려고 다시 만나는 거예요."

　그렇게 한 주 한 주 지날수록 희곡은 조금씩 틀을 갖춰갔다. 주인공의 이름도 재밌다. 남자는 공무원으로, 연정석이라는 이름처럼 정석대로 살아온 인물이다. 여자는 프리랜서 개발자로, 이새롬이라는 이름처럼 파혼을 선언하고 새롭게 살아보고자 하는 인물이다. 희곡이라 톡톡 튀는 대사가 중요했는데, 학생이 평소에 연극도 많이 보고 말도 재밌게 하는 편이어서 대사는 꽤 괜찮게 뽑아져 나왔다. 심지어 밑줄 긋고 싶은 대사들도 많았다.

　　"유진이도 영어학원 강사로 잘 나갔던 야무진 친구였는데 속도위반으로 애가 생겨 인스타 계정도 비공개로 바꿨잖아, 결혼하자마자… 내 친한 친구지만, 난 솔직히 그렇게 살기 싫단 말야! 물론 아이를 키우는 일이 가장 숭고한 일이긴 하지만…"

　이 대사를 통해 여자로서 일에 대한 그녀의 욕망을

엿볼 수 있었다. 결혼한 사람이 이런 글을 읽으면 상처를 받을 수도 있었을 텐데 학생의 대사는 적을 만들지 않아서 좋았다. 아마도 타인을 배려하는 학생의 인성이 한몫 했으리라. 좋은 인성에서 좋은 생각이 나오는 법이니까.

희곡 제목을 어떻게 정할까 고민하던 중 불현듯 하객 알바 때 자주 봤던 '버진로드'가 떠올랐다. 결혼 전 마지막으로 걷게 되는 길이라는 뜻으로 신부의 순결함을 상징하는 단어였다. 학생의 이야기와 딱 맞는다는 생각이 들었다. 제목은 결국 「버진로드」로 낙점됐다. 자극적인 느낌을 주려는 목적이 있긴 했지만 학생 반응이 좋아 나름 뿌듯함을 느낄 수 있었다. 여성의 사랑과 일에 대해 많은 생각을 하게 된 작품이었던 것 같다.

이 학생은 지금도 '30대는 속도전'이라는 말을 깊이 새기며 소개팅을 통해 끊임없이 새로운 사람을 만나려고 노력하고 있다. 만약 그녀가 결혼에 성공했다면 「버진로드」처럼 멋진 작품이 나오지 않았을 것이다. 글 쓰는 사람에게는 버릴 인생이 없다. 실패했다고 생각하는 인생마저도 글쓰기로 승화될 수 있다. 글쓰기는 삶을 긍정적으로 끌어안고 삶의 옹호자가 되는 길이다.

글 써서 돈을 벌려면

티끌 하나의 욕망도 없던 아줌마 학생

수업을 하다 보면 처음부터 상금 이야기를 꺼내는 학생들이 있다.

"남동생이 결혼하는데 상금으로 결혼 자금을 보태주고 싶어요."

"작가님 상 타셨던데 상금은 얼마나 받으셨나요?"

안타깝지만 이렇게 단도직입적인 학생들은 글로 돈을 벌기 어려울 것 같다는 말을 해주고 싶다. 글을 써서 돈을 벌려면, 돈을 벌기 위해 글을 쓴다는 마음부터 버려야 한다.

나 역시 이 학생들처럼 욕망에 사로잡혀 있었던 때가

있다. 당시 나는 글을 써서 단 한 푼도 벌지 못했다. 도 저히 글로는 돈을 못 벌겠다 싶어 다른 일에 뛰어들었 다. 돈도 안 되는 글이 꼴도 보기 싫어 글쓰기에서 멀어 지고자 했던 것이다.

욕망이 사라진 건 다른 일로 먹고살 수 있게 되면서부 터였다. 아이러니하게도 글로 돈을 벌겠다는 생각을 내 려놓자 좋아하는 글쓰기를 다시 해야겠다는 생각이 들 었다. 강사가 되고 나서는 돈이 매일매일 들어왔다. 글을 써서 돈을 벌겠다고 하면 돈이 절대 따라오지 않는다. 이 진리를 깨닫기까지는 거의 10년이 걸렸다.

글쓰기는 나의 내면을 끊임없이 표현하는 과정이다. 작품으로 독자들과 연결되는 것에서 의미를 얻어야 한 다. 돈만을 목표로 하면 단순히 상업적 목적을 위한 작 품이 돼 버린다. 게다가 돈을 벌기 위한 급한 마음으로 글을 쓰다 보면 작품의 질이 떨어져 오히려 역효과를 가져올 수 있다.

위의 학생들과 다르게 글로 돈을 벌겠다는 욕망이 하 나도 없던 학생도 있었다. 유튜버 '하준맘'을 꼭 닮은 40 대 전업주부였다. 선하게 생긴 얼굴에 말투는 약간의 사투리가 섞여 있었다. 우리는 줌으로 만났다. 취미로

소설 쓰기를 배워보고 싶다고 했다. 애초에 작가가 될 생각도 없어서 어떤 욕망도 섞이지 않았다는 걸 알 수 있었다. 다른 학생들은 미스터리 장르나 드라마적 요소가 강한 소설을 쓰는데 이 학생은 유독 SF소설만 썼다. 문득 궁금해져 이렇게 물었다.

"왜 이 장르만 고집하세요?"
"저는 그냥 SF가 더 쉬워요. 처음부터 끝까지 상상력으로만 쓰는 글이잖아요."

의외로 많은 학생이 SF를 어렵게 생각한다. 무슨 특별한 과학 지식이 있어야 한다고 믿기 때문이다. 그래서 막상 관심이 있어도 지레 겁을 먹고 "저는 SF는 아닌 것 같아요"라고 말한다. 이 학생은 소설 쓰기를 취미로 생각해서인지 잘 써야겠다는 부담이 없었다.

우리가 함께 작업한 소설은 「알렉스」라는 작품이었다. AI 로봇 알렉스와 주인공 사라의 사랑을 그린 SF 연애 소설이다. 첫 단편을 완성하기까지는 두 달이 걸렸다. 두 달 동안 한 작품을 고치고 또 고쳤다. 학생은 자녀를 셋이나 키우면서도 남편의 배려 덕분에 편하게 글을 쓸 수 있었다. 탈고를 한 후 나는 이 작품이 당선될 거라고 확신했다.

"이거 당선될 것 같아요. 한번 투고해 보죠."
"이게 정말 먹힐까요?"
"주부도 돈을 벌 수 있다는 걸 보여주죠."

나는 글쓰기를 지도하는 일 외에도 각종 행사를 추진한다. 그중에서도 가장 많이 하는 일은 학생들의 공모전 작품 투고를 돕는 것이다. 한 번도 투고해 본 적 없는 학생들을 위해 나는 수업시간에 공모전에 글을 보내는 방법을 알려준다. 공모전 사이트 링크를 보낸 후 신청서를 작성하게 하고 이메일 전송까지 시킨다. 학생들은 나의 이런 추진력에 놀란다.

아줌마 학생은 공모전에 자신의 작품을 내볼 생각은 한 번도 안 해봤다고 했다. 학생은 내가 시키는 대로 여러 공모전에 투고했다. 심사위원의 취향에 따라 당선이 결정되는 것도 무시할 수 없기 때문이다. 한마디로 복불복인 셈이다. 공모전에 투고하고 한 달 반쯤 지났을 때 학생에게서 카톡이 왔다.

'선생님~^.^ 선생님의 응원에 힘입어 당선됐습니다.'

나는 당선될 줄 알고 있었다. 그래서 제일 먼저 이렇게 말했다.

'거기 상금 있죠?'

학생은 상금이 얼마인지도 정확히 모르고 있었다.

'그럴 걸요?'

내가 볼 때 상금에는 아예 관심도 없었던 것 같다.

'거기 상금 100만원이에요.'

이 학생의 상금 쟁탈전은 그후로도 계속됐다. 하지만 「알렉스」이후 내 마음을 충족시킬 만한 작품은 오랫동안 나오지 않았다. 거의 6개월 동안. 나는 이상하다고 생각했다. 예외가 없는 한 퇴보는 없기 때문이다. 실제로 다음 작품이 더 잘 나올 확률이 높다. "왜 좋은 게 안 나오지?"라는 내 말에 학생은 쿨하게 대답했다.

"글쎄요."

학생은 눈에 보이는 수확이 없음에도 꾸준히 썼다. 그 결과 그해의 마지막 달에 한 공모전에 당선됐다. 작품을 공저로 묶어주고 원고료와 인세를 준다고 했다. 비교적 좋은 공모전에 또 한 번 당선된 것이다.

이번에도 학생은 원고료 따위에는 관심조차 없어보였다. '이 학생은 도대체 글쓰기를 왜 배우지?'라는 생각이 들 정도로 욕망이 없었다. 다른 학생들은 글을 써서 부귀영화를 누리고 싶어하는데, 이 학생은 오로지 취미로만 글을 썼다.

이 학생처럼 욕망이 티끌 하나 섞이지 않은 자세로 글을 쓰는 것이 과연 가능할까? 이제는 글을 써서 돈을 벌겠다는 욕심을 부리면 돈이 안 따라온다는 진리를 알지만… 여전히 조금 의문이 든다.

죽을 고비를 넘긴
제 인생을 써 보고 싶어요

굴곡진 인생을 쓰고 싶어 하던 학생들

"제가 진짜 산전수전을 다 겪었어요. 죽을 고비도 몇 번이나 넘겼고요. 이런 이야기를 글로 한번 써보고 싶어요."

이런 말을 하면서 글쓰기 수업을 신청해오는 학생들이 있다. 친구가 죽어서 친구 몫까지 사느라 하루를 48시간으로 산다는 학생, 어린 시절 새엄마에게 사랑을 못 받고 자라서 상처가 있다는 학생, 두 번의 이혼으로 힘든 시기를 보냈다던 학생…. 이런 학생들은 첫 수업 때 자기 이야기를 하다가 펑펑 울곤 한다. 그래도 나는 당황하지 않는다. 글쓰기 선생님은 때때로 인생 이야기를 들어주는 사람이기 때문이다.

이 학생들은 하나같이 자신의 인생이 버라이어티하다고 생각한다. 소설의 소재는 주변에 범람하고 있는데 굳이 자기 이야기를 하겠다고 한다. 난 우선 좋다고 한다. 항상 소재를 밖에서 찾지 말고 내 안에서 찾으라고 말하기 때문이다. 하지만 꼭 이런 당부를 해둔다. 치유를 위한 글쓰기라면 괜찮지만 당선을 원한다면 좋은 작품이 나오지는 않을 거라고 말이다.

실제로 친구의 죽음으로 하루를 48시간으로 산다는 학생, 새엄마에게 사랑을 못 받고 자라 상처가 있다는 학생, 두 번의 이혼으로 힘들었다는 학생에게선 그리 만족스러운 작품이 나오지 않았다. 오히려 기분이 축축 처지고 어두워졌다며 감정적 어려움을 토로해 왔다. 결국 세 학생 모두 새로운 작품을 써야겠다는 결론에 이르고 말았다. 그렇다면 왜 힘든 경험을 토대로 소설을 쓸 때 유독 좋은 글이 나오지 않았던 것일까?

크게는 '감정적인 부담'과 '객관적인 시각'의 부족 때문이라고 하고 싶다. 힘든 경험을 다룰 때는 자신의 넘치는 감정에 부담을 느끼게 된다. 글을 쓰는 과정이 처음부터 벅찰 수밖에 없다. 또 자전 소설을 쓸 때 학생들은 종종 자신의 경험을 객관적으로 바라보기가 어렵다. 그래서 이야기가 너무 개인적으로 흘러갈 수 있다. 내가 생각하는 좋은 글이란 개인적인 이야기에서 멈추지 않고 좀 더 많은 사람들이 공감할 수 있는 보편성이 있는 글이다. 지금까지 여러 학생을 가르치면서 깨달은 사실이다.

물론 굴곡진 인생을 소재로 쓰려는 심정을 이해하지 못하는 것은 아니다. 소설에는 우리의 현실이나 경험이 자연스럽게 반영돼 있기 때문이다. 그러나 자신의 경험이 특별하다는 이유로 소설 속에 모두 집어넣으려 한다면 시행착오를 겪을 수밖에 없다. 모든 독자가 작가의 경험을 이해하거나 공감하지는 않기 때문이다. 욕심 같아서는 모든 사건을 쓰고 싶겠지만, 자신과 캐릭터 사이에 감정적인 거리를 유지하는 것이 필요하다. 지나치게 감정에 빠져들지 말고 객관적으로 이야기를 펼쳐나가야 한다. 하나의 주제에 포커스를 맞춰 담담하게 서술해 나가야 한다. 특히 자전 소설은 자신의 경험과 감정을 다른 사람들에게 납득시켜야 한다는 어려움이 있다. 부담스러움이 글로 표현되면 공감하지 않는 독자들이 생길 수 있기에 어떻게 효과적으로 표현할 것인지 계속 고민해야 한다.

　자기 이야기를 소설로 쓰는 것은 자신의 삶을 새롭게 바라볼 수 있기에 그 자체로 의미 있는 경험이 된다. 또 작가의 감정과 경험을 솔직하게 담아내기 때문에 강력한 매력을 지닌 장르임은 분명하다. 하지만 개인적인 내용을 다루는 만큼 글을 쓸 때 마음의 준비가 필요하다.

모태솔로지만 로맨스 소설을 쓰고 싶어요

결핍된 상상력으로 글을 쓰는 학생

첫 수업 전 학생이 보내온 습작 소설의 제목은 「우리들의 연애소설」이었다. 다소 흥미롭지 못한 제목이긴 했지만 우선 가제이겠거니 싶었다. 약속 시간이 되자 수줍은 미소를 머금은 남학생이 스타벅스 안으로 들어왔다.

강사라는 직업은 처음 만난 사람과도 이미 잘 아는 사람처럼 떠들어야 한다. 나는 먼저 학생에게 어떤 일을 하는지, 나이는 어떻게 되는지 물어보았다. 학생은 스물여덟 살이었고 공무원 준비를 하고 있다고 했다. 얼마 전 시험을 보고 결과가 나오기만을 기다리고 있었다. 나는 편안한 분위기를 유도하기 위해 학생이 보내온 습작 소설 이야기를 꺼냈다.

"글 잘 읽었어요. 로맨스 소설을 쓰고 싶어 하시는 것 같은데…."

"네. 맞아요. 로맨스 소설을 쓰고 싶어요."

그런데 뭔가 이상했다. 로맨스 소설에 등장해야 할 말랑말랑한 느낌이 잘 드러나지 않았던 것이다.

"혹시 마지막 연애가 언제쯤이세요?"

"저… 사실은 제가 연애를 해본 적이 없어요."

그랬다. 학생은 '모태솔로'였다. 숫기없는 성격 때문에 여자에게 먼저 다가가지 못했고, 거절당하면 상처를 받을까 봐 소극적이었다고 했다. 게다가 공무원 시험을 준비하느라 여자를 만날 시간이 없었다고 했다. 사실 내 학생 중에도 그런 분이 많았기 때문에 처음에는 '그래, 그럴 수도 있지' 하고 생각했다.

하지만 글을 읽으면 읽을수록 어색한 점이 많이 보였다. 주인공이 첫사랑과 결혼에 성공한 것만 봐도 그렇다. 로맨스 소설은 해피엔딩으로 끝나줘야 여성 독자들이 만족한다는 공식이 있긴 하지만, 나는 그 부분이 너무 진부하고 비현실적으로 느껴졌다. 첫사랑은 실패하는 사람이 더 많기 때문이다. 나는 학생에게 권유하듯 물었다.

"둘이 꼭 결혼해야 돼요? 그냥 잘 되는 걸로 마무리하면 안 될까요?"

"주인공이 결혼하는 부분은 제 가치관이 담겨 있기도 해서요⋯."

남학생은 사귀면 결혼해야 한다고 생각할 정도로 신중한 만남을 선호하는 사람이었다. 학생의 말을 듣고 나는 이 학생이 왜 모태솔로인지 이해가 됐다. 사귀면 결혼을 해야 한다니! 그래서 주인공이 결혼하는 엔딩이 나온 거였구나!

학생이 소설을 고치며 어려워했던 점은 주인공들이 어떤 장소에서 데이트를 해야 할지 도무지 떠올리지 못했다는 것이다. 데이트 경험이 없어 자신이 본 로맨스 드라마의 플롯을 따오기도 했다. 나는 모태솔로가 왜 로맨스 소설을 쓰고 싶어 할까 하는 생각이 들어 학생에게 물었다.

"왜 로맨스 소설을 쓰려고 하는 거죠?"

"소설 속에서라도 대리만족을 느끼고 싶어서요."

로맨스 소설을 쓰면 연애와 관련된 다양한 감정과 경험을 상상하고 체험할 수 있다. 소설 속 캐릭터들의 사랑과 갈등을 통해 감정적인 대리만족도 얻을 수 있다. 학생은 바로 이런 이유 때문에 쓰고 싶었던 것이다.

어디선가 상상력은 결핍으로부터 나온다는 말을 들은 적이 있다. 결핍 상태에서는 부족한 것을 보충하려는 욕구가 크게 증가한다. 상상력은 부족한 부분을 보완하고 창조적 해결책을 제시하는 데 도움을 준다. 사람은 어떤 환경에서 자극이 부족하면 상상력을 활용하여 새로운 아이디어나 해결책을 찾아내려고 노력하기 때문이다.

예술가나 작가들은 종종 어려운 상황에서 영감을 받아 창작한다. 결핍 상태에서 상상력을 이용하여 예술 작품이나 문학 작품을 창작하는 경우가 많다.

F. 스콧 피츠제럴드의 『위대한 개츠비』가 그렇다. 피츠제럴드는 금전적 문제를 비롯해 술 문제와 가족 문제까지 다양한 어려움을 겪었지만, 이러한 어려움 속에서

도 자신의 상상력을 발휘해 위대한 작품을 만들어냈다. 이 작품은 당시의 부와 사회적 가치를 비판하고 그 세대의 열망을 탐구한 작품으로 평가받고 있다.

나 역시 결핍에서 나온 상상력으로 글을 쓸 때가 있다. 예를 들어, 나의 아버지에게는 서재가 없지만 내가 쓴 소설에는 아버지의 서재가 등장한다. 서재 장면을 만들어낸 것은 책을 좋아하는 내 모습과 서재가 있었으면 좋겠다는 나의 욕망이 투영된 것이다.

결핍을 느끼는 상황에서는 이상적인 상황을 상상하면서 자아를 표현하려는 욕구가 강화된다. 이를 통해 현실 상황을 대비하고 개선하기 위한 아이디어를 도출한다. 모태솔로인 이 학생은 연애에 대한 감정적 결핍을 느끼고 있었다. 실제 연애 경험은 없었지만, 로맨스 소설을 쓰며 자신의 결핍을 채우고 대리 만족을 얻을 수 있었다. 캐릭터와 이야기를 통해 자신이 꿈꾸는 이상적인 연애 상황을 그려내기도 했다. 우리는 이처럼 자신의 감정을 탐구하고 표현하는 과정에서 해방감을 느끼게 된다.

그나마 다행인 것은 이 학생에게 아직 연애세포는 남아 있다는 것이다. 로맨스 드라마도 꼼꼼히 챙겨보며

연애에 대한 열망을 불태우고 있었다. 온몸에 감각을
세우고 소설을 쓰다 보면 언젠간 연애 고수처럼 설레고
쫄깃쫄깃한 한편의 연애소설을 쓸 수 있지 않을까.

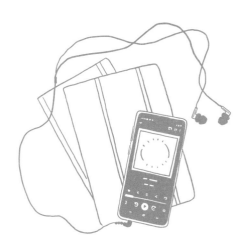

사는 이야기가 중요한 이유

플롯만 가지고는 분량을 채울 수 없다던 50대 학생

"잘 지내셨어요? 별일 없으셨죠?"

수업을 시작하기 전 항상 안부 인사부터 건넨다. 영어 공부를 하는 것이라면 바로 진도를 나가겠지만 이건 글쓰기 수업이 아닌가. 곧장 수업에 들어가기엔 너무 딱딱하고 인간미가 느껴지지 않는다. 학생들 역시 자기는 그런 걸 좋아하지 않는다고 했다. 어떤 학생은 심지어 의뢰를 할 때 이렇게 말했다.

"저는 곧장 진도를 나가고 그러는 것보다 선생님하고 편하게 이야기하고 싶어요."

무슨 뜻인지 충분히 이해한다. 나 역시 학생들의 이야기를 들어주는 걸 좋아하니까. 글쓰기 선생님은 인생 이야기를 들어주는 사람이다. 글은 사람의 인생을 다루기 때문이다. 처음 수업을 하면 앞으로 어떤 글을 쓸 거라는 식의 자기 이야기를 털어놓게 된다. 그럼 나는 학생을 더 자세히 알게 된다. 한 사람을 알아간다는 생각에 선생님으로서 책임감을 느끼기도 한다.

글쓰기 수업은 글을 써오지 않아도 그 자체로 치유의 기능이 있다. 자신이 쓸 글에 대해 이야기하는 것만으로 마음을 털어놓을 수 있기 때문이다. 학생들이 매번 숙제를 못해올 때도 있다. 그러면 나는 그냥 수업을 하자고 한다. 이론을 가르치면 되고, 앞으로 쓸 글에 대해 이야기하면 되니까.

사는 이야기를 유독 중요하게 생각했던 학생이 있다. 바둑을 소재로 한 소설을 쓰고 싶어서 찾아온 50대 남학생이었다. 주인공 '활귀'가 세계바둑대회에서 AI를 물리치고 우승하는 이야기를 담은 그의 소설엔 신화적 요소가 가득 담겨 있었다. 어쩌다 이런 소재가 나왔는지 물어보니 예전에 바둑 선생님으로 일한 적이 있다고 했다. 일을 그만둔 뒤에도 틈만 나면 바둑을 둘 정도로 바둑에 진심인 학생이었다. 나는 주로 그가 가져온 시놉시스에 살을 붙이는 작업을 도와주었다. 우리는 중간중간 사는 이야기를 나눴다. 학생에겐 약간 유머러스한 면이 있었다.

"저는 결혼을 안 했어요. 돈도 별로 모아놓지 못했지만 그래도 재밌게 살려고 노력합니다."

그는 가끔 자신의 형 이야기를 들려주기도 했다.

"형도 저처럼 오십이 넘도록 결혼을 안 했어요. 한 번은 책상 서랍을 열었는데 명함이 되게 많은 거예요. 청담동 황진이부터 시작해서… 불효자식이죠. 하하."

우리는 소설에 대한 각자의 생각을 나누고 그 소설들의 주제, 캐릭터, 그리고 메시지에 대해 토론하고 있었다. 그렇게 잡담 아닌 잡담을 하는데 학생이 한 말이 내게 도끼처럼 꽂혔다.

"소설을 쓰려면 플롯만 가지고는 분량을 채울 수 없

어요."

카프카는 '책은 우리 안의 얼어붙은 바다를 깨는 도끼여야 한다'라는 유명한 말을 했다. 이 말이 꼭 맞는 순간이었다. 그때부터 우리의 잡담은 새로운 방향으로 흘러나갔다. 잡담은 어떻게 책이 우리 내면의 감정과 생각을 뒤집을 수 있는지에 대한 토론으로 변해갔다.

학생의 말은 내게 깊은 영감을 주었다. 가르치는 직업을 가진 사람은 배우는 게 더 많다고 하는데 나도 그랬다. 그날 수업이 끝나고도 학생이 한 말이 머릿속을 계속 맴돌았다. 이번에는 내가 가르침을 받는 입장에 서 있었다. 학생의 소중한 통찰력은 내가 평소에 간과했던 측면을 조명해주었다. 나는 그동안 진도를 나가는 것에만 급급해 사는 이야기가 소설 속에 디테일한 요소로 녹아나온다는 사실을 외면하고 있었다. 생각해보면 진짜 그렇다. 등장인물의 이름을 주변 사람으로 정하는 경우가 종종 있지 않은가. 자기가 싫어하는 사람 욕을 하다가 그의 이름을 악역 이름으로 정한 학생도 있었다.

어떤 수업에서는 한 시간 내내 이야기만 하다가 끝나서 이론 진도를 못 나간 적도 있었다. 그래도 수업 자료는 항상 이메일로 보내주었다. 그 학생은 나와 이야기하는 걸 좋아했던 것 같다. 또 어떤 학생은 "오늘은 글 쓰기 싫으니까 그냥 잡담하다가 끝내면 안 될까요?"라고 말했다. 학생들은 어쩌면 미친한 선생님보다 우위에 있는지도 모른다. 사는 이야기가 중요하다는 사실을 알고 있었으니까.

플롯은 중요하지만 그 자체만으로는 독자의 흥미를 계속 끌고 가기 어렵다. 이야기를 더욱 풍부하고 매력적으로 만들기 위해, 주제와 메시지를 보다 섬세하게 담아내기 위해 디테일에 신경 써야 한다. 디테일은 사는 이야기에서 나온다. 작품 속 디테일은 이야기의 현실성을 높여주고 독자를 그 속으로 몰입시킨다. 작가로서 우리는 주변 세계를 주의 깊게 관찰하고 적극적으로 경험을 쌓아야 한다. 디테일은 작품의 주제와 메시지를 강화하는 데도 중요한 역할을 한다. 디테일을 통해 작가의 의도를 보다 섬세하게 표현할 수 있다. 그래서 우리는 늘 사소한 것들에 주목하고 이를 관찰하는 태도를 가져야 한다.

언어적 감수성이 풍부하려면

글 쓰는 감각이 뛰어났던 성 소수자 학생들

한때 나는 단어를 수집하려고 나만의 단어장을 들고 다녔다. 내 삶을 통과한 단어들 가운데 인상 깊은 단어를 적었다. 글을 쓰는 사람은 언어를 다루는 사람이다. 그래서 언어를 더 예민하게 받아들여야 한다. 내가 단어장을 들고 다닌 이유는 모든 글은 한 단어에서 시작된다는 것을 알았기 때문이다.

단어 하나하나에 관심을 가지기 시작하면 좀 더 디테일하고 섬세한 언어를 포착할 수 있다. 더 나아가 글 쓰는 사람의 언어적 감수성을 높여줄 수 있다. 언어적 감수성이란 우리가 일상생활에서 무심결에 쓰는 표현 가운데 누군가를 차별하거나 혐오하는 게 없는지 알아차리는 능력이다. 이제는 어휘와 문법 공부만으로는 부족한 시대가 됐다. 타인과 소통을 잘하기 위해서는 언어적 감수성도 중요하다.

예전에 영어학원 강사님을 좋아했던 적이 있었다. 그분이 알려주길 성 소수자 학생 비율이 열 명 가운데 두 명이라고 했다. 그래서 수업 때 말 한번 잘못 했다간 상처를 받고 더 이상 안 듣는 학생도 있을 거라고 했다.

내 학생 중에도 레즈비언, 트랜스젠더, 양성애자, 무성애자, 범성애자가 있다. 나는 성 소수자 학생들의 다양성을 존중하며 수업하려 노력했다. 그분들이 겪은 차별과 편견에 대한 이야기를 들어주고 공감해 주려 했다. 성 소수자 학생들과 개별적으로 대화하고, 그와 관련된 책들을 소개해주기도 했다.

가장 기억에 남는 학생은 성전환 수술을 준비했던 남학생이다. 여성호르몬 주사를 맞아서 자신도 힘들텐데 항상 나를 유쾌하고 즐겁게 만들어줬다. 우리의 만남은 시작부터 웃겼다. 특이하게 내게 시를 배우고 싶다고 연락을 해왔다. 줌을 켰는데 5분이 지나도록 들어오지 않았다. 무슨 일이 있는 걸까? 알고 보니 화장실에서 큰일을 치르는 중이었다. 귀엽고 통통한 외모를 가진 학생은 당시 부산에 거주하고 있다고 했다. 매주 한 번씩

꼬박꼬박 시를 써서 보내오는 성실한 학생이었다. 그런데 몇 개월 후 학생은 사정이 있다면서 수업을 1~2주 쉬겠다고 했다. 그리고 얼마 후 연락을 해왔다.

"선생님 지금 전화되세요? 말씀드리고 싶은 게 있어요."

학생은 인터넷에 'F64'를 쳐보라고 했다. 'F64', 성주체성 장애. 쉽게 말해 자신의 생물학적 성 정체성에 불편을 느끼고 반대의 성이 되기를 바라는 현상이다. 나로서는 처음 들어보는 용어였다. 무엇보다 이러한 것을 '정신 및 행동장애'의 범주에 넣는다는 사실이 무척 이상하게 생각됐다. 학생은 지금 병원에 다닌다며 자신의 진단서를 보여주기도 했다.

"선생님만 괜찮으시다면 저는 계속 선생님께 배우고 싶어요."

나는 상관없다고 했다. 원래부터 성 소수자를 불편해하지는 않았기 때문에 괜한 편견으로 좋은 학생을 놓치고 싶지는 않다. '트젠 학생'은 나와 수업하면서 많은 글을 썼는데 그 가운데 베스트는 「부산스러운 여자」라는 소설이었다. 초고부터 아주 좋았다. 알고 보니 학생은 원래 인천 사람인데 사람들의 눈을 피해 부산에 내려간 거였다. 친구들과의 연을 끊고 부산에서 성전환 수술을 준비하던 자신의 모습을 글로 표현했다고 했다. '부산스러운 여자'라는 이중적인 제목에서 부산의 풍경이나 분위기를 떠올릴 수 있었고, 동시에 빨리 여성이 되고자 하는 주인공의 부산스러운 내면까지 연상할 수 있었다.

트랜스젠더 학생은 감각이 뛰어났다. 화장하는 것도 좋아하고, 액세서리도 좋아하고, 심지어 글쓰기까지. 지금은 수업을 그만두었지만, 트젠 학생은 내게 신선한 경험을 안겨주었다. 글쓰기 선생님이 아니면 어디서 트젠 학생의 글을 읽어보겠는가.

성 소수자 학생들의 특징은 언어적 감수성이 예민하다는 것이다. 그래서 단어를 포착하는 힘이 있다. 어느 날 이 학생은 내게 이런 말을 했다.

"저는 오감이 아니라 육감으로 느끼는 것 같아요."

내가 되물었다.

"그 육감이 뭐예요?"
"그건 저도 잘 모르겠어요."

육감은 오관으로 느끼지 못한다고 생각되는 감각을 일컫는다. 사물의 신비한 점을 직감적으로 포착하는 능력이다. 한마디로 직관과 비슷하다.

하루는 어린이집에서 일했던 학생 한 분이 다니던 직장을 덜컥 그만두고 글을 써보고 싶다며 찾아왔다. 무모해 보일 수도 있지만 이렇게 자신을 벼랑 끝으로 몰아 글쓰기에 도전하는 학생들은 항상 좋은 결과를 내곤했다.

이 학생은 「무지개」라는 퀴어 소설로 공모전에 당선됐는데 처음에는 자신이 레즈비언인 걸 밝히지 않아서 나도 모르고 있었다. 그러다 어느 날 내가 우연히 퀴어 소설을 보여주었다.

"선생님, 저도 한 번 이런 거 써보고 싶어요. 저 잘 쓸 거 같아요."

학생은 자신이 레즈비언이라고 커밍아웃을 했다.

"실망하셨죠?"

나는 전혀 실망하지 않았다고 했다. 다만 7년 동안 사귄 애인과 동거 중이라고 했는데 그 애인이 남자인 줄 알고 있었을 뿐. 학생이 써온 초고는 성 소수자의 세상을 모르는 내게는 참신 그 자체였다. '부치', '팸'이라는 레즈비언 사이에서 쓰는 용어를 써왔다. (레즈비언 커플 사이에서 남성 역할을 하는 레즈비언을 '부치', 반대를 '팸'이라고 한다.) 나는 초고를 읽고 너무 좋다고 했다. 그렇게 여러 번의 퇴고를 거듭한 끝에 소설이 완성돼 갔다.

이 학생은 형상화 덕분에 당선이 된 게 아닌가 싶을 정도로 형상화를 잘 다뤘다. 학생들을 가르칠 때 가장 어려워하는 부분이 형상화다. 우선 말뜻을 잘 모르고, 말해줘도 이해를 못하는 경우가 많다. 형상화란 '형체로는 분명히 나타나 있지 않은 어떤 것을 구체적이고 명확한 형상으로 나타내는 일'이다. 쉽게 말해 어떤 생각이나 정서, 가치관 같은 것을 또렷이 눈에 보이는 형상으로 빚어내는 일이다.

소설 「무지개」에는 '비 우(雨)' 자를 쓰는 지우와 해님을 잘못 써 해민이가 된 둘이 레즈비언 커플로 나온다. 해와 비가 만나야 무지개가 나타나듯 둘이 만나야 무지개처럼 다양한 빛깔을 이룬다는 의미를 담았다고 한다. 아래는 「무지개」의 일부다.

> "지우야, 왜 퀴어퍼레이드 슬로건이 6색 무지개인 줄 알아?"
>
> "6색 무지개?"
>
> "레즈, 게이, 이성애, 양성애, 무성애, 범성애 각각 하나씩의 색깔이야."
>
> "그건 몰랐어. 이성애는 왜 껴 있는 거야?"
>
> "우리 레즈들이 이해해줘야 할 사람들이니까."
>
> "거꾸로 이해받아야 하는 건 아니고?"
>
> "그것도 맞지. 둘 다 이해해줘야 하지만, 일단 우리들은 이해하는 거야. 우리와 다르다는 그 사실을."

"웃기다. 이 상황에, 내가 이해하는 쪽이라니."
"그러고 보면 우리는 무지개의 필요충분조건이네. 해와 비인 너랑 내가 만나야 무지개가 뜨잖아."
"우리가 진짜 운명인가 봐. 성별을 거스른 운명."

시간이 해결해 줄 일이었다. 핸드폰을 잡고 해민에게 메시지를 보낸다.

'하고 싶은 말이 뒤죽박죽으로 섞여서 나왔어. 그래도 할 말은 다 했어.'
'잘했어. 부모님에게도 시간을 좀 드려. 처음으로 무지개를 보면 놀랄 시간이 필요하잖아.'

지우는 자신의 침대에 누웠다. 바깥의 소리가 잦아들고, 지우의 심장박동도 원래대로 돌아왔다. 부모님은 무지개를 처음 보셨다. 받아들이는 데에는 시간이 좀 필요하겠지만, 그것도 지우가 헤쳐 나갈 문제였다.

"처음으로 무지개를 보면 놀랄 시간이 필요하잖아"

라는 대사 역시 형상화가 잘 된 부분이었다. 퀴어의 상징인 무지개를 통해 자신을 보고 놀랄 부모님의 심정을 헤아린 것이다.

이 학생은 당선이 된 후 다시 취직을 했다. 아무래도 글만 쓰기엔 경제적으로 쪼들리기 때문이었던 것 같다. 학생이 보여준 용기 있는 도전은 내게도 큰 느낌표를 남겨주었다.

성 소수자 학생들이 감각적인 글을 쓰는 이유는 일반적인 성 정체성과는 다른 자신을 글로써 이해하려 하기 때문이다. 또 실제 경험을 공유하기 때문이기도 하다. 앞으로 만나게 될 학생들은 또 어떤 감각적인 글을 써 오게 될까 더욱 궁금해진다.

좋은 작가란 무엇일까요?

　첫째로, 작가를 친구처럼 느끼게 하는 글을 쓰는 사람이 좋은 작가라고 생각합니다. 그러려면 솔직한 글을 써야겠죠. 친구에게 할 수 있는 말을 해줌으로써 독자가 이 세상에 혼자가 아니라는 위로를 해줄 수 있는 글이요.

　둘째로, 자신만의 철학을 가진 작가가 좋은 작가라고 생각합니다. 예를 들면 공지영 작가는 사회문제와 인권에 대한 민감성을 작품에 담아냅니다. 『우리들의 행복한 시간』과 『도가니』 같은 작품은 사회적 문제와 인간 감정에 대한 철학적 고찰을 담고 있습니다. 또, 김영하 작가는 문화적, 철학적 주제를 다루는 작품을 씁니다. 실제로 그는 『나는 나를 파괴할 권리가 있다』라는 소설에서 자살청부업자라는 캐릭터를 등장시켜 삶과 죽음이라는 복잡한 문제를 탐구하기도 했죠.

　셋째로, 인성도 좋은 작가의 자질이라고 생각합니다. 인성이 훌륭한 작가는 독자와의 소통을 즐깁니다. 이는 독자의 의견을 존중하고 작품에 대한 피드백을 환영하는 작가로 이해될 수 있습니다. 독자와의 소통을 통해 다양한 관점을 수용하고 자신의 작품을 개선할 수 있습니다. 또한 인성이 훌륭한 작가는 대중 앞에 섰을 때 그의 예의 바름이 드러납니다. 이러한 예의와 존중은 독자와 작가 간의 긍정적인 관계를 유지하며 작품에 대한 신뢰와 호감을 높일 수 있습니다.

글을 쓰기 전에는 항상
내 앞에 누군가 마주 앉아 있다고 생각하라.
그리고 그 사람이 지루해서 자리를 떠나지 않게 하라.

– 제임스 패터슨 James Peterson(미국 소설가)

02

즐거운 글쓰기의 세계

쓰는 사람이 즐거워야
읽는 사람도 즐겁다

저세상 텐션으로 동화를 썼던 조종사 학생

"어린 왕자 같은 소설을 써보고 싶어요."

어느 날 한 학생이 수업 의뢰를 해왔다. 카카오톡 프로필에는 골프장 사진과 세계 곳곳에서 찍은 풍경 사진이 가득했다. '이런 말을 하는 사람은 직업이 과연 뭘까?' 하는 생각이 들었지만 도저히 사진만으로는 종잡을 수 없었다.

나는 먼저 초고를 받고 수업을 시작하기로 했다. 제목은 「오로라 소녀」. 하늘과 별을 배경으로 펼쳐지는 모험과 자유로움을 담은 작품으로, 우연히 오로라 소녀를 만난 비행사가 세계 곳곳을 돌아다니며 느낀 깨달음을 이야기하는 내용이었다. 초고에는 직접 찍은 사진들도 첨부돼 있었다.

학생이 쓴 글을 읽고 나는 붕붕 뜨는 듯한 기분이 들었다. 지금껏 초고만 읽고도 학생이 어떤 사람일지 궁금했던 적은 없었기 때문이다. 나는 설레는 마음을 안고 첫 수업 장소인 잠실의 한 카페로 향했다. 학생은 50대 남성이었는데 왠지 모를 아우라와 풍채가 느껴졌다. 어깨에 메고 온 커다란 배낭이 어디론가 당장이라도 떠날 것 같은 여행자처럼 보였다. 나는 인사를 나눈 후 학생에게 물었다.

"실례지만 어떤 일을 하시나요?"
"민항기 조종사입니다."

그 말을 듣자 모든 퍼즐이 풀리는 듯했다. 아, 그래서 어린왕자 같은 글을 쓰고 싶다고 하셨구나. 생텍쥐페리가 「야간비행」에서 비행사 경험을 녹여낸 것처럼, 이분도 자신의 이야기를 표현하려고 했구나. 글쓰기 강사를 하면서 정말 많은 학생을 만났지만 내가 만난 학생 중 가장 특이한 직업을 가진 분 가운데 하나였다.

우리는 커피를 마시며 초고에 대한 이야기를 나누었다. 조종사 학생은 비행 중에 본 오로라가 인상 깊어 이런 소설을 쓸 생각을 했다고 했다. 그런데 막상 초고를 살펴보니 이 글은 소설이 아니라 동화에 가까웠다. 어린왕자도 실은 '어른을 위한 동화'가 아니던가?

"조종사님은 소설이 아니라 동화를 써야 돼요."

"동화요?"

"네, 이건 소설이라기보다 동화에 가까워요."

주인공 오로라 소녀의 연령대가 초등학생보다 낮게 나올 것 같기도 했고, 의인화가 동화에서 흔히 사용하는 기법이기도 했기 때문이다. 무엇보다 조종사로 근무해온 경험과 반듯하고 활기찬 분위기가 동화에 적격이라는 생각이 들었다.

그렇게 학생은 소설이 아닌 동화를 쓰게 됐다. 빽빽한 비행 일정에도 틈틈이 글을 고치고 또 고쳤다. 좋아하는 글을 써서 그런지 표정도 늘 밝았다. 학생과의 수업이 재미있어서 나도 매번 만남이 기다려질 정도였다. 학생의 작품은 현재「오로라의 선물」이라는 제목으로 출간을 앞두고 있다.

영국 범죄소설가 마티나 콜은 "지금 쓰는 글을 내가 즐기지 못하면 아무도 즐기지 못한다"라는 말을 했다. 실제로도 그런 것 같다. 20대 초반에 경험이 부족한데 연애소설을 쓰려고 머리를 억지로 쥐어짠 적이 있었다. 작업은 지지부진했고 재미도 없었다. 시간이 지나 다시 읽으니 내가 봐도 쫄깃쫄깃한 면 없이 지루하기만 했다. 반면 지금껏 동화를 쓰겠다고 나를 찾아온 학생들은 하나같이 텐션이 장난 아니었다. 그들은 다른 세상에 빠져 있는 사람처럼 저세상 텐션으로 자신이 하고 싶은 말을 써나가곤 했다.

이혼과 전남편과의 소송으로 힘든 날을 지나온 한 50대 여학생이 있었다. 그녀는 자전적 소설의 집필을 마친 뒤 이번에는 동화를 써보겠다고 했다.

"전 작품은 쓰는 내내 제가 힘들더라고요. 아팠던 기억을 다시 들여다봐야 해서. 그런데 동화는 구상하는 내내 재미를 느껴요."

학생이 지어온 제목은 「나는 꿈 매니저」였다. 주인공

은 '뭉게구름 꿈 기획사'에서 사람들의 꿈 일정을 관리하고 전달하는 매니저로 일한다. 작가와 프로듀서가 완성한 꿈을 사람들이 잠드는 시간의 주파수에 맞춰 발사하는 것이 주인공의 일이다.

자전 소설을 쓸 때와 다르게 학생은 정말 다른 세상에 가 있는 것처럼 즐겁게 썼다. 그러더니 어떤 공모전에 덜컥 당선이 됐다. 쓰는 사람이 즐거워서 그런지 읽는 심사위원도 즐겁게 읽어준 게 아닐까 하는 생각이 들었다. 학생이 작품을 쓰는 과정에서 느낀 즐거움과 열정이 녹아들어 있어서 뽑힌 게 아닌가 싶다.

혹시 지금 쓰는 글이 지지부진하다면 잠시 글쓰기를 멈추고 내가 정말로 그 글을 쓰고 싶어 하는지, 내가 즐거워서 쓰는 글인지 곰곰히 생각해보자. 쓰기 싫은 글을 억지로 쓰면 읽는 사람도 재미를 느끼지 못하는 법이다.

잘한다, 잘한다, 잘한다

칭찬을 먹고 자랐던 부장님 학생

　글쓰기 피드백에 있어 당근과 채찍 중 어느 게 더 좋을까? 나는 "당근이지!"라고 대답한다. 글쓰기는 자신감이 중요한데 글로 혼나면 글이 아닌 나를 혼내는 것 같은 느낌을 받는다. 그러면 자신감을 상실하게 마련이다. 그러면 좋은 글이 나올 리 없다. 그래서 나는 되도록 칭찬을 많이 해주려고 노력한다. 학생들이 초고를 가져오면 "소재 좋은데요? 한번 발전시켜보죠"라고 한다. 작은 소재가 부풀어올라 어떤 멋진 글이 탄생할지는 아무도 모르는 일이다. 자신감을 심어주는 게 중요하다. 칭찬은 자신감과 연결돼 있다.

　예전에 처음 글을 쓰겠다고 사방팔방에 말하고 다니던 시절이 있었다. 그때 주위 사람들은 내가 쓴 글을 읽어보지도 않고 "잘 할거야"라고 응원해 주었다. 지금 생각해보면 그런 도저한 믿음이 맞았던 것 같다. 글은 무에서 유를 창조하는 작업인데 무일 때가 더 중요한 것 같다. 아직 아무 글도 안 썼는데 손에 펜을 쥐고 있는 그 순간 말이다. '잘한다, 잘한다, 잘한다'라고 해주면 진짜 잘하게 된다는 것을 그때 알게 됐다.

나에게 아낌없는 칭찬을 먹고 자란 학생이 있었다. 우리가 처음 만난 건 2022년 2월 한창 코로나가 기승을 부릴 때였다. 수업을 의뢰했을 때 내가 코로나에 걸려서 부득이 일주일 뒤에 시작하게 됐다. 그때도 너그럽게 이해해 주시며 더 천천히 봐도 된다고 했다. 의뢰 당시 내게 『서울 자가에 대기업 다니는 김 부장 이야기』라는 책에서 영감을 얻어 글을 써보고 싶다고 했다. 나 역시 수업에 임하기 위해 그 책을 사 읽었다.

격리가 끝난 후 우리는 쉑쉑버거에서 만났다. 학생이 햄버거를 먹으면서 수업하자고 제안했기 때문이다. 그는 정수기 대여 회사에 다니는 50대 부장님이었다. 20년 간의 회사 생활 끝에 부장이 됐다고 했다. 『서울 자가에 대기업 다니는 김 부장 이야기』에 나오는 주인공과 비슷했다. 그래서 이 책에서 영감을 얻었다고 했구

나. 그제야 궁금증이 풀렸다. 나는 학생에게 "저도 부장님이라고 불러도 되나요?"라고 물었다. 회사 생활을 안 해봐서 간접적으로라도 경험해보고 싶었던 것이다. 흔쾌히 그렇게 하라는 대답이 돌아왔다. 그후 나는 학생을 늘 부장님이라고 불렀다.

부장님이 쓴 소설 제목은 「구독인간」이었다. 갑자기 좌천을 당한 '김 부장'이 구독 서비스를 통해 원래의 자리로 복귀하고 사내 정치를 정리해 나간다는 내용이다. 글의 주제는 '우리는 알게 모르게 늘 무언가를 구독하고 있다'였다. 생각해보니 나만해도 유튜브를 구독하고, 마이크로소프트를 구독하고, 폴라리스 오피스를 구독하고 있다. 그 밖에도 여러 가지가 있지만 다 돈이 나가는 것으로 기분이 살짝 우울해지려 하니 여기까지 하겠다.

부장님은 「구독인간」을 두 달 동안 계속 고쳤다. 공부하듯 수업에 열심이었다. 회사원이라 중간에 짬을 내나와서 카페에서 수업을 들었다. 회사 생활을 하면서 글을 쓰기란 쉽지 않다고 했다. 퇴근하고 나면 이미 지쳐 있기도 했고, 회사 컴퓨터에는 보안이 걸려 있어 딴짓을 할 수 없었기 때문이다. 부장님은 내가 알려준 대로 핸드폰에 폴라리스 오피스라는 앱을 받아 틈이 날 때마다 핸드폰으로 글을 수정해 왔다. 거의 핸드폰으로 완성했다고 봐도 될 정도였다.

사실 부장님은 글쓰기에 타고난 재능이 있었다. 보통 학생들은 제목 짓는 걸 어려워해서 내가 대신 지어주는데 부장님은 「구독인간」이라는 제목도 스스로 지어왔다. 나는 칭찬을 아끼지 않았다.

"부장님은 진짜 잘 쓰세요."
"이 부분 좋네요. 계속 써보세요."

내가 계속 칭찬만 해주니까 부장님은 내 말을 못 믿는 눈치였다. 심지어 나를 의심하기까지 했다.

"아니, 선생님! 너무 칭찬만 해주는 거 아니예요? 정말 잘 쓰고 있는 거 맞아요?"

「구독인간」이 완성되자 이 글이 당선될 거라는 각이 보였다. 다른 학생들 작품에 비해 완성도도 높았고 주제도 참신했기 때문이다. 결국 내 예언이 맞아떨어지고

난 뒤에야 부장님은 의심을 거두게 됐다.

물론 칭찬만이 정답은 아니다. 칭찬만으로는 작품의 퀄리티를 올리는 데 한계가 있기 때문이다. 작가는 어떤 상황에서도 마음을 열고 다양한 의견을 받아들일 준비가 돼 있어야 한다. 칭찬을 수용하는 한편, 작품의 개선을 위한 비판적인 피드백도 받아들일 필요가 있다. 무엇보다 작품을 발전시키는 과정에서 자신의 감정과 생각을 솔직하게 나누는 것이 중요하다.

칭찬을 먹고 자란 부장님은 다음 작품도 잘 썼다. 내가 베스트로 꼽는 작품 가운데 하나인 「경력사원」은 삼성에서 갓 이직해온 경력사원을 소재로 한 미스터리물이다. '삼성에서 왜 더 안 좋은 회사로 오지?' 하는 의심을 품고 뒤를 캐보니 직전 회사에서 연애 경력이 화려했던 '경력사원'이었다는 이야기다. 칭찬은 이처럼 좋은 작품을 쓸 수 있게 하는 원동력이 된다.

자신감이라는 단어에는 자신을 믿는다는 뜻이 담겨 있다. 자신감을 가지고 글을 쓰자. 계속해서 도전하고 성장해 나가는 과정에서 더 많은 이야기를 발견하고 더 멋진 글을 쓸 수 있을 것이다. 자신을 믿고, 자주 칭찬해 주자!

꾸준함이 정답이다

글쓰기에도 리듬이 필요하다

스물한 살에 쓴 글로 스물여섯 살에 당선이 됐으니 꽤 오랫동안 작가 지망생 생활을 했다. 그게 한이 돼 내 학생들은 빨리 등단을 시켜주고 싶었다. 학생들이 당선되기까지 걸리는 시간은 평균 두 달. 처음부터 좋은 소재를 가져오면 두 달 동안 하나의 글을 계속 고친다. 반면 소재가 별로라면 계속 쓰고 버리고 해서 제일 좋은 한 작품으로 투고한다.

학생들이 내게 레슨을 받는 이유는 단기간에 효과를 보기 위해서다. 나 역시 빨리 당선을 시켜줘야 그 학생이 계속 수업을 듣게 된다. 눈에 보이는 성과물이 빨리 나타나지 않으면 학생들은 제 풀에 지쳐 그만두기 때문이다. 당선되는 게 글을 계속 쓰는 데 큰 동기부여가 되는 셈이다.

학생들이 단기간에 효과를 보기 위해 노력하는 것은 자연스러운 욕구다. 그러나 중요한 점은 글의 퀄리티와 지속성이다. 작가에게는 빠른 당선이 동기부여가 될 수 있겠지만, 진정한 작가로 성장하고 창작 활동을 지속하기 위해서는 시간과 노력이 필요하다. 글을 쓰는 과정에서 실패와 반복을 겪으며 성장하는 것이 중요하다. 좋은 소재가 나오기까지 인내심을 가지고 기다릴 필요도 있다.

꾸준하게 글쓰기 수업을 들어온 학생들이 있다. 가장 오래 배운 학생은 일 년이 넘도록 글쓰기 수업을 듣고 있는 대학원생이다. 이 학생은 지금까지 단편 소설을 아홉 편이나 썼다. 학업과 연애를 병행하며 이만큼의 분량을 썼다는 건 정말 대단한 일이다. 단행본으로 묶을 정도의 글을 쓰려면 평균적으로 2년이 걸리기 때문이다. 이 학생은 한 편을 쓰고 다음 작품으로 이어질 때의 리듬을 알고, 그 리듬을 탈 줄 알았다. 그래서 한 작품이 끝나면 곧장 다음 작품 소재를 가져왔다. 언젠가 한 강연에서 이런 질문을 받은 적이 있다.

"작가님이 쓰신 글 중 가장 인상 깊은 구절은 어떤 게 있나요?"

나는 이런 문장을 좋아한다고 대답했다.

"기본 동작에서 가장 중요한 것은 리듬이다."

『공장의 역사』라는 책을 보면 공장에서 끊임없이 상품을 뽑아내는 데 중요한 건 리듬이라고 했다.

리듬은 생산 과정을 조직화하고 최적화하는 데 중요한 역할을 한다. 정해진 리듬에 따라 작업자들은 효율적으로 일할 수 있다. 이로 인해 생산성이 향상된다. 불규칙한 작업 흐름보다 리듬을 유지하는 것이 더 많은 제품을 빠르게 생산하는 데 도움이 된다. 이것은 예술가의 창작과도 유사한 면이 있다.

우리는 꾸준히 창작 활동을 하는 예술가를 '공장장'이라고 부른다. 그런 의미에서 작가는 글쓰기 공장의 공장장이 돼야 한다.

꾸준히 글을 쓰는 것이 중요한 이유는 이것 외에도 몇 가지가 더 있다. 우선 매일 글을 쓰는 것은 새로운 아이디어를 발견하는 데 큰 도움이 된다. 소재나 작품에 대한 영감을 얻고 기존의 생각들을 유기적으로 연결할 수 있기 때문이다. 내가 좋아하는 시인 보들레르는 '영감이란 매일 일하는 것이다'라는 말을 할 정도로 글 쓰는 습관을 강조한 바 있다.

꾸준한 글쓰기는 자기극복에도 도움이 된다. 작가로서 가장 어려운 부분 가운데 하나는 끊임없이 글을 써야 한다는 점이다. 하루라도 글을 안 쓰면 감을 잃어버리기 때문이다. 실제로 한 국내 베스트셀러 작가는 7년 동안 글을 안 쓰다가 다시 썼을 때 식은땀을 흘렸다고 한다. 이러한 사실은 꾸준한 노력과 자기극복이 얼마나 중요한지 상기시켜 준다. 글을 쓰는 습관을 갖추면 의지력을 발전시키고 작가로서의 자신감도 키울 수 있다.

꾸준히 글 쓰는 습관을 가진 작가는 무수한 습작을 통해 작품을 수월하게 창작하고 마무리할 수 있게 된다. 실제로 두 번째 세 번째 작품을 완성시킬 때 시간이 단축된 학생들이 많았다. 이미 써놓은 작품들이 많기 때문에 기회를 확장하는 데도 도움이 된다. 자신만의 포트폴리오를 구축하고 다양한 출판 기회를 모색할 수 있다. 이 학생은 자신이 쓴 글을 모아 한 출판사에 투고 메일을 보냈다. 마침 그 출판사는 새로운 문학 잡지를 만들고 있었다. 학생은 이 일을 계기로 그곳에 자신의 글을 게재하기 위해 출판사와 지속적으로 미팅을 하고 있다.

작가로서 성공하려면 이처럼 꾸준히 글을 쓰고 문을 두드려야 한다. 작품의 퀄리티와 창의성을 추구하고 지속성을 갖춘 작가로 성장하는 것. 이것이 글을 쓰는 사람의 진정한 목표여야 한다.

02 즐거운 글쓰기의 세계

글쓰기에 부담을 느끼지 않으려면

자신을 검열하지 않았던 솔직한 여학생

평소 주변 사람들에게 내 이야기를 잘해서 그런지 솔직하다는 말을 많이 듣는 편이다. 그런데 이런 나보다 더 솔직한 사람들을 만나면 한없이 작아진다. 바로 내 학생들이다. 특히 남학생보다 여학생들이 더 솔직하다. 아마도 같은 성별끼리 경험을 공유하는 것이 서로에게 안전하고 이해받을 수 있어서 그렇게 느끼는 것 같다. 자아를 성찰하는 일이나 자기계발에 관심이 많기 때문일 수도 있다. 써오는 글만 봐도 그렇다.

에세이 수업을 듣는 학생들에게 내주는 과제의 첫 번째 주제는 '당신의 첫'이다. '첫'으로 시작되는 것들로 글을 써오는 것이다. 저마다 독특한 첫 경험을 가지고 있다 보니 글을 읽는 재미가 있다. '첫사랑', '첫 콘서

트', '첫 비행', '첫 수술' 등등 정말 다양한 소재로 글을 써온다.

그중 특히 인상 깊었던 글이 있다. 부산에 사는 서른 일곱 살 여학생의 글이었다. CEO답게 용기있고 솔직한 글을 써왔다. 언젠가 부산으로 강연을 갔을 때 강연장 까지 직접 차를 몰고 와 픽업해줄 정도로 의리 있는 학생이었다. 그녀의 에세이 제목은 「많은 처음을 알려준 아저씨」였다. 아래는 글의 일부다.

좀 늦게 찾아온 내 첫사랑은 같은 회사 후임이자 열두 살 많은 아저씨였다. 우리는 점점 가까워졌고 아직 어린 나에게 그는 많은 경험을 안겨주었다. 첫 감정, 첫 느낌, 첫 경험, 첫 이별. 모든 첫사랑이 그렇듯 난 매우 서툴렀고, 그는 그 모든 과정을 거쳐온 사람이라 그 시간과 경험의 틈을 메우지 못하고 각자의 길을 가게 됐다. 처음 하는 사랑은 난생처음 부모님 몰래 집 밖으로 나가기 위해 창문까지 뛰어넘는 열정을 가르쳐 주었고, 처음 하는 이별은 나의 주량과 주사를 가르쳐 주었다.

02 즐거운 글쓰기의 세계

지금껏 첫 경험에 대해 이야기하는 학생은 거의 없었다. 자신의 사생활이 드러나는 것에 대해 두려움을 느끼는 사람이 많았기 때문이다. 그러나 이 학생이 내게 글쓰기를 배우러 온 이유는 단순히 자신의 생각과 감정을 자유롭게 표현하기 위해서였다. 아마 글쓰기 선생님인 나 외에는 독자가 없기 때문에 이런 글이 나오지 않았을까 싶다. 나는 이처럼 솔직한 글을 좋아한다. 솔직함은 크고 밝은 힘을 가지고 있기 때문에.

　글쓰기를 취미로 하는 학생이나 습작에 의의를 두는 학생들은 글쓰기에 대해 압박감이 적은 편이다. 실패를 허용하고 자신을 향상시키기 위한 실험을 자유롭게 하는 것이다. 반면 작가를 꿈꾸는 학생들은 미래의 독자를 의식하며 과도하게 긴장하곤 한다. 자신의 글이 누군가에게 비판받는 것을 먼저 걱정하는 것이다. 작품에 확신이 없기에 자존감도 저하될 수 있다.

　기성 작가들도 마찬가지다. 책을 내본 사람이나 어느 정도 이름이 알려진 사람들은 독자를 의식해 자체 검열을 한다. 자신의 이미지를 관리하고 독자의 기대에 부응하려는 생각이 있기 때문이다. 이러한 태도는 작품의 질을 높이고 독자를 고려한다는 점에서 중요할 수 있겠지만, 솔직함을 잃을 수 있어 글쓰기에 큰 제약을 받게 된다.

중요한 것은 자유로운 표현을 통해 자신이 성장해야 한다는 점이다. 독자의 기대에 부응하면서도 자신의 생각과 감정을 솔직하게 담은 작품을 쓰는 것이 중요하다. 그래야 작가로서의 자아를 유지할 수 있다. 솔직한 글은 또한 보편성을 끌어낼 수 있어야 한다. '아, 그러고 보니 나도 그러네' 하는 감정을 느끼게 해야 한다. 글쓴이의 개인적인 경험과 생각을 투영하기에 독자는 작가에게 좀 더 가까이 다가갈 수 있다.

이 학생의 글은 이후 내가 단체 강연을 나갈 때마다 보여주는 교과서 같은 글이 됐다. 비록 공모전에 당선되지는 못했지만 애초에 그런 목적으로 쓴 글이 아니었기에 더욱 부담 없이 소개할 수 있었다.

자신의 생각과 아이디어를 숨김없이 드러내는 글은 솔직하다. 다른 사람들에게 영감을 주는 데 큰 영향을 미칠 수 있다. 길이길이 남을 글을 써준 학생에게 감사의 마음을 전한다.

생동감 넘치는 문장을 쓰는 법

표현력이 풍부했던 20대 학생

웹소설을 쓰겠다고 찾아온 남학생이 있었다. 이미 몇 화를 써서 네이버에 올린 적도 있었다. 오로지 취미로 쓴다고 했다. 자신이 올린 글의 조회수가 20인 것을 보고 학생은 이렇게 말했다.

"그냥 누가 읽어주는 것만으로도 감사해요."

나는 '조회수가 이렇게 낮으면 학생이 실망하진 않았을까?' 하는 생각을 했는데 학생의 대답은 달랐다.

학생은 군대에서 막 제대한 스물셋 대학생이었다. 연기를 전공하고 있었는데 복학하기 전에 글쓰기를 배우고 싶어 나를 찾아왔다고 했다. 학생이 홍대 쪽에 살아서 우리는 늘 그곳 카페에서 만나 수업을 했다. 남동생이 있어서 그런지 학생을 볼 때마다 귀엽게 느껴졌다. 옷 입는 센스도 남달랐다. 발렌시아가 클러치에 톰브라운 가디건을 입고 나타났던 적도 있었다. 나이가 나이인지라 클럽도 자주 다니며 재미있게 20대를 보내고 있었다. 이런 학생과 함께 수업하니 나도 덩달아 어려지는 기분이 들어 좋았다.

학생이 쓰는 글의 장르는 라이트 노벨이었다. 라이트 노벨은 일본의 소설 장르 중 하나로, 가벼운 스토리와 일러스트, 쉬운 언어가 특징이다. 주로 젊은 독자들이 읽으며 가볍고 유쾌한 이야기, 판타지, 로맨스, SF, 학원물 등 다양한 주제를 다룬다. 그의 작품 「2121년에서 왔습니다」는 미래에서 온 여고생과 모태솔로 남자가 꽁냥꽁냥하는 이야기다. 야한 장면이 안 나와 불편한 구석이 하나도 없었다. 읽고 나서 기분이 좋아지고 편안해지는 글이었다. 학생은 6개월 동안 틈틈이 25편의 글을 써왔다. 작품 하나를 완성한 것이다.

작품을 완성한 후 학생은 이번에는 제대로 된 소설을 써보고 싶다고 했다. 학생들 가운데 일반 소설을 쓰는 학생들이 더 많다는 이야기를 듣고 그런 마음이 생긴 것 같았다. 내가 평소에 다양한 소설을 추천해준 것도 한몫 했던 것 같다. 학생은 꿈에 내가 나왔다며 글쓰기 선생님을 소재로 소설을 써 보고 싶다고 했다. 글쓰기 수업을 받는 학생이 공모전에 투고하기까지의 과정을 그린 소설이었다. 제목을 정하는 과정에서 이 책의 제목인 '잘 쓰겠습니다'가 나왔다. 장류진 작가의 소설 「잘 살겠습니다」를 패러디해 장난처럼 나온 제목이었다.

"'잘 쓰겠습니다' 어때?"
"오, 좋은데요?"

어느 유명한 출판사의 편집장은 자신의 출판사에서 나오는 책의 제목은 다 자기가 짓는다고 했다. 학생들이 제목짓는 걸 어려워해 나도 학생들의 소설 제목을 지어주는 역할을 자처하곤 한다.

얼마 후 학생은 수업을 그만두기로 했다. 복학할 시기가 다가왔기 때문이다. 학생은 내게 이렇게 물었다.

"선생님, 언제 한번 클럽 같이 가실래요?"

사실 나도 20대 때는 클럽을 좋아했다. 그런데 30대가 된 후로는 한 번도 가지 않았다. 나는 대답했다.

"그럴까?"

그렇게 학생은 막혀 있던 나의 클럽 혈을 뚫어주었다. 원래 나는 학생들과 술도 자주 마시고 잘 어울리는 편이다. 그런데 학생과 클럽까지 같이 가게 되다니! 우리는 어떤 복장으로 클럽에 갈까 고민까지 했다. 입장 금지를 당하면 안 되니까. 학생이 걱정스레 물었다.

"선생님, 근데 담배 연기 괜찮으세요? 클럽 가면 담배 연기 심하잖아요."
"괜찮아요. 저 담배 냄새 별로 안 싫어해요."
"잘 됐네요. 클럽은 역시 담배 연기가 뭉게뭉게하는 맛이 있죠."

'뭉게뭉게'라는 단어를 듣자 머릿속에 둥근 구름이 퍼져나가는 모습이 그려졌다. 뭉게뭉게라니, 이거 너무 좋은 표현이잖아? 언뜻 평범해보이는 표현이지만 실제로 그것을 사용하는 것과 사용하지 않는 것에는 많은 차이가 있다. 특히 감각적이고 역동적인 묘사가 많은 웹소설을 쓸 때는 의태어나 의성어와 같은 수사법을 적극적으로 이용하는 게 좋다. 더욱 생생한 느낌을 전달할 수 있기 때문이다.

나는 결국 학생과 클럽 친구가 됐다. 인사도 "수업 때 봬요"에서 "클럽에서 보죠"라고 바뀌었다. 레슨이 끝난 후 학생은 내게 이런 말을 했다.

"그 카페 지나갈 때마다 수업했던 날이 생각나요."

글쓰기 수업이 좋은 추억으로 남은 모양이었다. 비록 지금은 클럽 친구가 됐지만, 나는 학생에게 잊지 못할 추억을 남겨주었다는 생각이 든다.

성애물 잘 쓰는 법

19금 소설을 쓰겠다고 찾아온 학생들

처음부터 19금 웹소설을 쓰겠다고 의뢰해온 학생이 있었다. 지금껏 소설의 한 장면에 성애물 넣는 걸 도와 달라고 한 사람은 있어도, 본격적으로 19금 소설을 쓰겠다고 한 사람은 없었다. 게다가 여학생이었다. 이렇게 귀여운 얼굴로 19금 소설을 쓰겠다니! 처음 수업을 하게 됐을 때 어떤 사람이 이런 요청을 했을까 궁금했는데 실체를 확인하고는 깜짝 놀랐던 기억이 난다.

그녀는 20대 후반에 프랜차이즈 카페를 운영하는 사장님이었다. 돈이 되기 때문에 19금 웹소설을 쓰고 싶다고 했다. 생각해보니 맞는 말이었다. 인터넷을 하다가 좀 자극적인 기사 제목이 나오면 나도 모르게 클릭을 하게 되니까. 야한 이야기를 하느라 수업은 늘 화기

애애했다. 사실 난 야한 농담을 좋아한다. 하루에 한 번씩 한다. 죽어가는 느낌이 들 때 해주면 다시 활력이 솟기 때문이다. 학생은 숙제로 19금 웹소설을 조금씩 써왔다. 혹시라도 누가 엿볼까봐 카페에서 쓰기가 좀 민망했단다. 학생이 글을 쓰는 모습을 상상해보니 나도 모르게 웃음이 새어나왔다.

'성애물 잘 쓰는 법'은 내 커리큘럼 중 단연 인기가 많다. 남녀 할 것 없이. 지금껏 거부감을 가졌던 학생이 한 명도 없다. 피곤에 찌들어 죽어가던 학생도 이 수업을 들으면 다시 살아났다.

야한 장면은 이야기에 흡인력을 주고 가독성을 높여준다는 점에서 효과적이다. 하지만 노골적인 면이 있다 보니 글을 쓴 지 얼마 안 된 작가들의 경우 이러한 묘사를 꺼리는 분도 적지 않다. 『로맨스와 성애물의 이야기 창작』이라는 책에는 이런 내용이 나온다.

작가라면 성애를 반드시 다루고 싶은 시기가 찾아온다. 성애물을 두려워한다면 덜 성숙했거나 뭔가 문제 있는 작가다. 여러분이 소설가든 만화가든 공포 장르를 추구하든 멜로를 추구하든 벌거벗은 여체의 관능적 묘사나 늠름하게 발기된 남자의 성기나 열정적인 성행위가 이야기에서 필요하다면 표현돼야 한다. 마땅히 필요한데 표현이 두려워 자기 검열하는 것이야말로 창작가로서 수치스럽고 못난 짓이다.

일본의 작가 무라카미 하루키도 야한 장면을 쓸 때 어려움을 느낀다고 한다. 하지만 일이기 때문에 해야 한다고 스스로를 다독이면서 쓴다고 한다. 중요한 것은 솔직함과 현실성이다. 나는 연애 소설을 쓰는 학생들에게 MSG를 치듯이 야한 장면을 조금씩 넣으라고 권하는 편이다. 너무 착하고 뽀송뽀송하기만 한 스토리는 오히려 사실성이 떨어지기 때문이다. 어떤 분은 내게 "선생님, 선생님은 학생들의 숨겨진 리비도를 끄집어내 주는 분 같아요"라는 말을 했다.

내가 생각해도 그런 것 같다. 누구에게나, 심지어 '유교걸'에게도 리비도는 있다. 그걸 발굴해서 글에 적절히 녹인다면 좀 더 사실적이고 솔직한 글이 된다.

그렇다면 어떤 사람이 이런 글을 잘 쓸까. 의외로 남학생은 좋아만 할 뿐 잘 쓰지는 않는다. 정작 잘 쓰는 분은 주부님들이다. 아마도 결혼 생활을 해봐서 그런 게 아닌가 싶다.

한 주부님은 「자귀꽃」이라는 작품으로 공모전에 당선되기도 했다. 부부의 금실을 상징하는 자귀꽃이 성호르몬을 분비한다는 설정을 덧입혀 쓴 19금 SF소설이었다. 호르몬의 노예가 된 주인공의 몸이 뜨겁게 달아오르는 장면이 세련되게 묘사돼 있어 물어보니 실제 본인이 했던 상상을 바탕으로 쓴 것이라 했다. 성에 있어서 정상적인 사람은 없다고 한 알랭 드 보통의 말처럼, 학생들은 저마다 다양한 성적 취향을 가지고 있었다. 그들의 경험담은 가히 노벨문학상 감이 아닌가 한다.

어쩌면 성애물 수업을 할 수 있는 것도 내가 성인을 대상으로 수업을 하기 때문일지도 모른다. 도서관 수업에서는 아직 성애물 잘 쓰는 법을 커리큘럼으로 넣은 적은 없지만 나중에 기회가 된다면 꼭 강의 계획서에 적고 싶다. 지금보다 더 인기 강사가 될지도 모를 일이다.

강연과 강의는 뭐가 다른가요

강연 영상으로 힐링을 받았다는 학생

한 달에 약 30명의 학생들을 상대로 개인 강의를 한다. 종종 강연도 나간다. 보통 2주에 한 번이었는데 예전에 비해 횟수가 늘어 지금은 많으면 일주일에 두 번이나 강연을 한다. 1대1로 수업을 들었던 학생은 내가 강연을 하는 모습을 보면 낯설어 한다. 그래서 이런 질문을 많이 받았다.

"떨리지 않으세요?

나는 많이 해보면 된다고 대답한다. 정말 그 방법밖에 없다. 지금은 많이 노련해졌지만 나도 처음에는 긴장해서 강연 전에 화장실을 자주 들락날락했다.

　　　　　　　02 즐거운 글쓰기의 세계

사실 나는 작가가 처음 됐을 때부터 강연을 하고 싶었다. 하고 싶은 말이 많았기 때문이다. 글로 떠들고 나면 말로 떠들고 싶었다. 막 작가가 된 사람에게 강연 제의가 들어올 리가 없는데도 바보처럼 연습실을 빌려 강연 연습을 하곤 했다. 책을 내면 강연을 하는 게 자연스러운 루트라는 걸 알지 못했던 시절이었다.

　　어떤 날은 외부 강연 때문에 학생과의 수업을 미뤄야 할 때가 있다. 내 학생들은 착하고 선생님이 잘 되는 걸 진심으로 응원해줘서 기꺼이 시간을 조율해준다. 미국에서 에세이 수업을 신청했던 학생도 마찬가지였다. 시차가 있어 이른 아침에 수업을 들어야 했지만 묵묵히 내 시간을 배려해주었다. 하루는 독립서점에서 강연을 하고 왔다고 하니까 이런 말을 했다.

　　"저한테도 그 내용으로 수업해주시면 안 될까요?"

　　나는 다음번에 강연 영상을 보여주겠다고 했다. 약간은 편집할 시간이 필요했기 때문이다. 약속대로 다음 수업 시간에 유튜브 채널에 올린 영상을 보여주자 학생은 활짝 웃으며 말했다.

"선생님, 힐링됐어요."

학생의 말에 내가 더 힐링이 되는 기분이었다. 실제 현장에서 강연을 하고 온 것만큼이나 뿌듯했다. 기쁜 마음에 수업이 끝나고 기분 좋게 술을 마셨다.

반면 날 우울하게 만들어 술을 마시게 한 학생도 있다. 나는 수업 때 내가 만든 교재로 수업을 하기도 하지만, 다른 작가가 쓴 이론서로 수업을 진행하기도 한다. 다른 작가의 책을 많이 읽게 하려는 목적도 있지만, 내가 모든 분야의 이론을 설명하는 데는 한계가 있기 때문이다. 그런 내 수업 방식을 마음에 안 들어 했던 단 한 명의 학생이 있었다. 학생은 내게 거칠게 말했다.

"그런데 이런 건 제가 혼자 읽어볼 수도 있고요. 전 선생님의 강의를 듣고 싶어요."

수업이 끝나고 학생은 내게 부드럽게 말하지 못해서 죄송하다고 사과의 메시지를 보내왔다. 나는 괜찮다고 했지만 속이 상했던 건 사실이다. 원래 나는 기쁠 때만 술을 마시려고 하는데 그날은 정말 우울해져서 맥주 캔을 땄다.

또 어떤 학생은 내가 강연을 종종 나간다고 하니까 이런 질문을 했다.

"강연과 강의는 뭐가 다른가요? 같은 말 아니에요? 다른가요?"

강의와 강연은 비슷하지만 약간 다르다. 강의는 구조화된 커리큘럼과 학습목표를 가지고 진행된다. 학생은 수동적으로 지식을 습득한다. 반면 강연은 전문가를 모시고 특정 주제에 대해 발표하면서 자신의 인생경험을 나눈다. 영감을 주고 동기부여를 하는 것에 좀 더 초점을 맞춘다. 맥주 캔을 따게 했던 학생은 아마 강연 같은 강의를 듣고 싶어 했던 것 같다. 강연을 많이 나가고 있는 요즘, 나는 학생들에게 이런 질문을 한다.

"작가가 되면 강연을 해보고 싶은 마음이 있으세요?"

답변은 둘로 나뉜다. 기회가 오면 하고 싶다는 학생과 남 앞에 서는 게 두려워 글만 쓰고 싶다는 학생으로.

하지만 나는 될 수 있으면 강연을 해보라고 추천한다. 다른 사람에게 좋은 영향을 줄 수 있고 자신도 한뼘 더 성장하는 기분을 느낄 수 있기 때문이다. 실제로 매번 강연이 끝나면 꼭 한두 명씩은 인스타로 DM을 보내온다. 강연을 잘 들었다는 내용이 대부분이지만, 나에겐 그런 메시지가 큰 힘이 된다. 인연이 돼 계속 연락을 하고 지내는 사람들도 있다. 강연자로 사는 삶도 작가로 사는 삶만큼이나 재밌다.

강연은 작가로서 더 많은 사람들과 소통하고, 자신의 글과 생각을 더욱 널리 전파하는 방법 가운데 하나다. 처음에는 남들 앞에서 이야기하는 것이 어색하고 두려울 수 있지만, 연습과 경험을 통해 점점 자신을 성장시킬 수 있다. 작가로서의 영향력도 더욱 커질 것이다.

물론 모든 작가가 강연을 해야만 하는 것은 아니다. 강연을 하지 않아도 다른 부분에서 기쁨을 맛볼 수 있기 때문이다. 작가로서 강연을 하는 것은 멋진 경험이 될 수 있지만, 그렇게 하지 않더라도 자신의 글을 쓰고 사람들과 소통하는 즐거움을 느끼며 인격적 성장을 이룰 수 있다.

나도 지금 걷는 길을 열심히 걷다보면 언젠가 학생들

이 지어준 내 별명 '일탈 강사'에서 벗어나 영감과 감동을 줄 수 있는 '일타 강사'가 될 수 있겠지?

쉽게 읽히는 글을 쓰려면

퓨전사극에 도전했던 애기아빠 학생

   힘을 들여서 읽어야 하는 책을 보면 독서는 지루한 것이라고 생각하기 쉽다. 마르셀 프루스트의 『잃어버린 시간을 찾아서』만 봐도 그렇다. 유명한 작품이긴 하지만 만연체로 쓰여서 가독성이 떨어진다. 만연체는 보통 상황이나 심정을 장황하게 드러내고 싶은 글이나 자유로운 서술을 하고 싶은 글에서 쓰이지만 자칫 독자를 당혹스럽게 할 수 있다.

   반면 한두 장 읽다보니 어느새 끝까지 다 읽어버리는 책이 있다. 이런 책을 보고 나면 '나도 이런 글을 써보고 싶다'라는 생각이 절로 든다. 누구나 어린 시절 책장이 술술 넘어가는 글을 읽었던 기억이 있을 것이다. 내겐 『해리 포터』 시리즈와 『키다리 아저씨』가 그랬다. 이런 책은 독자들을 환상의 세계로 초대한다. 마치 그 세계에 빠져들어가는 듯한 느낌을 주고 끊임없이 읽고 싶게 만든다. 도대체 어떤 마법을 부려놨기에 쭉쭉 읽히는 걸까?

첫째로, 재미있는 이야기와 캐릭터로 우리를 사로잡는다. 『해리 포터』 시리즈처럼 마법과 모험이 얽힌 이야기는 꿈과 현실을 넘나들게 해주고, 『키다리 아저씨』에 나오는 것처럼 따뜻하고 재치 있는 캐릭터들은 마치 우리 주변의 친구들과 같은 느낌을 준다.

또한 이런 책들은 단순한 문장 구조와 쉬운 어휘를 사용한다. 어려운 언어나 복잡한 문장이 없어서 독자들이 자연스럽게 이야기를 따라가게 만든다. 이렇게 자연스럽게 읽히는 문장들은 독자들을 지루함에서 해방시켜주고 독서를 즐겁게 한다.

내가 가르치는 학생 중에도 단숨에 읽히는 글을 쓰는 학생이 있다. 올해 서른여섯, 울산에서 아기 하나를 키우며 살고 있는 '잘생긴 애기아빠' 학생은 벌써 내게 일 년 가까이 수업을 듣고 있다. 처음 줌을 켰는데 잘생김이 묻은 얼굴이 딱하고 나타났다. 귀여운 얼굴을 좋아하는 편이라 수업할 때마다 눈이 호강하는 느낌이 들었다.

첫 수업 때는 언제나 그렇듯 수업을 신청하게 된 계기부터 말하고 시작한다. 학생은 원래 다른 곳에서 웹소설 쓰기 수업을 들었다고 했다. 강사님은 쓰고 싶은 글보다는 팔리는 글을 쓰기를 바랐지만, 자기는 쓰고 싶은 글을 써보고 싶다고 했다. 꽤 고집 있어 보였다. 피드백을 듣지 않으면 가르치기가 힘든데 어쩌지 하는 생각도 했다.

심지어 학생은 퓨전사극을 쓰고 싶어 했다. 퓨전사극이라니, 이 학생의 정체가 도대체 뭐지? 지금껏 퓨전사극을 쓰겠다는 학생은 한 명도 없었다. 해당 장르에 대한 지식이 부족해서 그런 것도 있지만, 기본적으로 장르문학을 어렵게 생각하는 경향이 있기 때문이다. 소재도 특이했다. 창귀, 즉 호랑이에게 잡아먹힌 사람 귀신에 관한 이야기였다. 나는 어쩌다 이런 소재를 선택하게 됐느냐고 학생에게 물어봤다. 학생은 가수 안예은의 〈창귀〉라는 노래를 듣고 영감을 얻었다고 했다. 혹시나 하는 마음으로 역사에 관심이 있느냐고 물어보았다. 아니나 다를까, 그는 역사학을 전공했다고 했다. 평소에 역사에 관심이 많아서 무척 반가운 마음이 들었다. 예전부터 김훈 작가처럼 역사를 소재로 멋진 글을 써보고 싶었고, 역사 글쓰기가 최고라고 생각했기에 나는 혼자서 학생과 인연이라고 생각했다.

나는 되도록 학생이 쓰고 싶어 하는 글을 쓰게 내버려둔다. 내가 준 아이디어보다 더 좋은 글이 나올 수도 있기 때문이다. 사실 학생이 써온 초고를 읽기 전까지는 걱정이 많았다. '어렵게 써오면 어쩌지?' 하는 생각이 들기도 했다. 하지만 큰 오산이었다. 아이를 보느라 일 년이라는 시간이 걸리긴 했지만, 너무나도 쉽게 술술 읽히는 글을 써왔다. 나는 화장실 가는 것도 잊은 채 단숨에 그의 글을 피드백해주며 고쳐나갔다. 그의 작품 「호랑이 부름」은 '서태금'이라는 청년이 호랑이에게 물려간 아버지를 찾는 이야기를 다룬 소설이다. 아래는 작품의 도입부다.

영조실록 39권에 따르면, 영조가 즉위한 지 10년째 되던 9월 30일의 일이다. 그러니까 1734년에 호환이 심해 팔도의 장계가 거의 없는 날이 없었다. 여름부터 가을까지 죽은 자가 총 140명이나 됐다.

호랑이가 사람을 잡아먹으면 호식이라 한다. 호식

당한 사람은 창귀가 돼 호랑이에게 영혼이 붙들리는데, 이를 벗어나려면 다리 놓기로 새로운 사람을 호랑이에게 바쳐야 한다. 그리고 호랑이는 사람을 잡아먹고 그 일부를 남기는데 그 시체가 발견된 곳에는 돌을 쌓아 호식총이라는 돌무덤을 만들고 그곳에는 아무도 찾아가지도 않고 제사도 지내지 않는다고 알려져 있다.

밤새 마을 사람들을 공포에 떨게 만들었던 호랑이 소리가 사라졌다. 날이 밝자 어제 낮에만 해도 평화롭고 조용했던 마을이 시끄러워졌다.

"어제 호랑이 소리 들었는가? 마을에 무슨 사단이 난 것이 분명한데 누구 집에 사라진 사람 없는가?"

마을 주민 중 한 명이 외치자 너도나도 집집마다 돌아다니며 밤새 봉변을 당한 집이 어디인가 찾아다닌다. 그때 한 청년이 집밖으로 나와 통곡하며 외쳤다.

"아이고 아버지! 우리 집에 아버지가 없어졌어요."

　이 학생의 글을 분석해 보자. 이 글의 문장은 상대적으로 짧고, 구조가 간단하다. 복잡하지 않아서 읽기도 쉽다. 구어체와 일상어를 써서 사람들이 쉽게 이해할 수 있게 한다. 이야기 형태로 구성돼 있으며 '누구에게 무슨 일이 일어났는지'에 관한 정보를 순차적으로 전달하고 있다. 또 특정한 문화적 요소를 다루기도 한다. '호식'과 '창귀', '호식총'처럼 한국의 전통 이야기나 민속적인 코드를 담고 있어서 독자들이 더욱 쉽게 다가갈 수 있다.

　잘생긴 애기아빠는 얼마 전 둘째 아들이 태어나 수업을 계속 쉬고 있다. 내가 선물로 기저귀를 보내자 친구들은 애기아빠를 좋아해선 안 된다며 회개하라고 했다. 뭐 그럴 것까지야. 사람이 사람 좋아하는데 이유가 있나. 잘생긴 남자와 결혼하고야 말겠다는 나의 말에 '화이팅'을 날려주고, 종종 카톡으로 인생 상담도 해주는 그는 나에게 둘도 없이 고마운 학생이다.

마법처럼 읽히는 작품은 우리의 상상력과 호기심을 자극한다. 즐겁고 흥미로운 독서를 위해, 나의 글을 읽을 미래의 독자들을 위해 최대한 힘을 빼고 글을 써보자. 어느새 우리의 글쓰기 실력은 부쩍 올라가 있을 것이다.

02 즐거운 글쓰기의 세계

솔직하게 말하면 배가 아파요

주변 사람이 책낸 걸 보고 동기부여를 받은 학생들

글쓰기 강사들이 강연이나 강의 후에 듣는 가장 뿌듯한 말은 무엇일까? 바로 '수업을 듣고 글을 쓰고 싶어졌다'라는 말이다. 글을 쓰지 않는 사람이나 글을 쓰다가 막힌 사람을 다시 쓰게 만드는 힘. 이것을 '글쓰기 동기부여'라고 한다. 아무리 좋아해도 지그 지글러처럼 유명한 동기부여 연설가가 되지는 못하겠지만, 나도 그와 같은 영향력을 행사하고 싶은 마음으로 학생들에게 글쓰기에 대한 동기를 끊임없이 부여하고 있다.

동기부여는 대상에 따라 달라진다. 예를 들어 글쓰기에 관심이 없거나 두려움을 느끼는 사람에게는 글쓰기의 긍정적인 면을 강조할 수 있다. 자신의 생각을 들여다보거나 안 좋은 감정들을 해소할 수 있다고 말해주는 것이다. 반면 글쓰기에 관심이 있는 사람들에게는 창의성과 자유로움이라는 장점을 앞세워 글쓰기를 좀 더 즐기는 방향으로 이끌 수 있다. 다양한 주제로 이야기를 만들어내고 새로운 아이디어를 떠올리는 과정에서 학생들은 자신감을 갖고 쓰는 일에 재미를 붙이게 된다.

때로는 스스로 동기부여가 되는 경우도 있다. '이 정도 글이라면 나도 쓸 수 있겠는데?'라고 생각되는 작품을 읽었을 때, 새로운 경험을 글로 옮기고 싶다는 욕구가 생겼을 때, 그리고 가까운 사람이 책을 냈을 때다.

『취미로 글쓰기』라는 에세이를 전자책으로 2023년 3월에 냈다. 가르치던 남학생들에게 책이 나왔으니 한 권 씩 사달라고 홍보를 했다. 그런데 남학생들에게 돌아온 대답은 축하한다는 말이 아니었다.

"부러우면 지는 건데 부러워요."
"솔직하게 말하면 배가 아파요."

나는 어릴 적부터 친구들에게 질투를 많이 받아왔다. 밥을 굶어가며 다이어트로 날씬한 몸매를 유지했을 때도 여학생들의 시기를 받았다. 그래서 그런지 정신건강

검진을 받았을 때 편집증 수치가 굉장히 높게 나왔다. 편집증이란 대상에게 적의가 있다고 판단해 끊임없이 자기중심적으로 해석하는 증상이다. 지금도 비슷한 상황에 처하면 밥그릇을 뺏길까 봐 조마조마해 한다. 게다가 집에서는 언니와 남동생 사이에 낀 둘째여서 악착같이 자기 밥그릇을 챙겨야 하는 입장이었다. 학생들의 예상치 못한 말은 나를 불안하게 만들었다. 그래도 나는 쿨하게 이렇게 대답했다.

"뭐가 부러워요. 입금하면 다 내줘요."

맞는 말이다. 자비출판은 입금하면 거의 다 책을 내준다. 내 돈 주고 내가 낸 건데 왜 남의 질투를 받아야 하는 건지 도무지 이해할 수 없었다. 자비출판을 한 것은 자신의 글을 세상과 공유하는 소중한 경험이었다. 글쓰기에 돈과 시간을 투자하고 노력을 기울였으니, 그에 상응하는 결과를 받는 것은 당연했다.

나는 선생님으로서 나름의 사명감을 가지고 있다. 글쓰기 선생님은 학생의 성장을 지원하는 것뿐만 아니라 할 수 있다는 자신감을 심어주고 꿈을 향한 동기부여를 제공해야 한다. 내가 책을 낸 게 학생들에게 자극이 됐다면 이보다 더 큰 보람은 없을 것이다. 나는 이 사건 이후 강연을 나가면 이런 질문을 한다.

"여러분, 주변에서 책을 낸 걸 보면 어떤 기분이 드세요?"

대부분의 반응은 이렇다.

"대단해 보여요."
"저는 못 할 것 같아요."
"저랑은 다른 차원의 사람 같아요."

단체 강의여서 그런지 남학생들처럼 배가 아프다고 솔직하게 대답하는 분은 없었다. 나는 그때 이런 말을 했다.

"주변에서 책을 낸 걸 보는 게 가장 큰 글쓰기 동기부여가 될 수 있어요."

며칠 후 남학생들이 찾아왔다. 자기들도 선생님처럼 책을 써보고 싶다고 했다. 전자책에도 이렇게 질투심을 느끼는데 종이책을 출간한 사람들을 보면 배가 아파서 화장실에 가야 할 정도일 것 같다. 하지만 '글 변비'에 걸린 학생들이 다시 글을 쓸 수만 있다면 이런 식의 질투는 기꺼이 환영한다.

독서 편식이 심한데
어떻게 해야 할까요?

저는 독서모임에 가입해보라고 말씀드리고 싶습니다. '소모임'이나 '트레바리'와 같은 앱을 사용하면 장소나 일정, 주제에 맞게 참여가 가능합니다. 독립 서점에서 자체적으로 운영하는 독서모임도 있으니 SNS에서 관심 가는 계정을 팔로우해두는 것도 좋은 방법입니다.

독서모임에는 여러 장점이 있습니다. 규칙적인 독서 습관을 기를 수 있고, 다른 사람과 생각을 공유하는 과정에서 새로운 인사이트를 얻을 수 있습니다. 무엇보다 독서 편식을 개선하는 데 큰 도움이 됩니다. 모임장이 매주 정해준 책을 읽고 독서모임에 참여한다면 그간 읽지 않았던 분야에도 관심을 가질 수 있습니다. 『독서모임 꾸리는 법』, 『온라인 책 모임 잘하는 법』 같은 책을 읽어보면 독서모임이 어떻게 돌아가는지, 그곳에서 어떤 일들이 일어나는지 파악할 수 있을 것입니다.

　이상문학상, 부커상 등 각종 문학상 수상작을 찾아 읽어보는 것도 좋은 방법입니다. 문학상 수상작은 문학성을 인정받은 작품으로, 현대문학계의 동향을 파악하는 데도 도움이 됩니다. 다양한 장르와 주제를 접하는 과정에서 독서 경험을 다각화하고 새로운 관점을 가질 수 있게 됩니다.

무슨 일이 있어도 글쓰기를 시작하라.

수도꼭지를 틀지 않으면 물은 흐르지 않는다.

– 루이스 라무르 Louis L'Amour(미국 소설가)

03

글쓰기 그 이상의 글쓰기

언제까지 글쓰기 수업을
들을 수는 없잖아요

글쓰기 수업을 졸업하는 학생들

만남이 있으면 이별도 있는 법. 학생들은 한 달 단위로 수업료를 결제하므로 한 달만 해보고 그만두는 학생도 있고, 원데이클래스로 한 번만 체험해보고 마는 학생도 있다. 언젠가는 헤어질 걸 알면서도 처음에는 학생들과의 이별이 낯설었다. 각자 사정이 있고, 글쓰기에 시간을 투자할 수 없어서 그만두는 건데도 막상 수업을 안 듣는다고 하니 섭섭한 마음이 더 컸다. 몇 명을 가르쳤는지 정확히 세어 보진 않았지만 지금까지 400명 이상의 학생들을 가르쳐왔다. 그러니까 400번의 만남과 이별을 한 셈이다. 이제는 학생들과의 이별이 어렵지 않다. 한 학생이 나가면 다른 좋은 학생이 들어온다는 사실을 깨달았기 때문이다. 그래서 나를 떠나는 학생을 애써 붙잡지 않는다.

나는 지금도 그만둔 학생들과 종종 연락을 주고받으며 지낸다. 글쓰기 수업이 좋은 추억으로 남았는지 학생들이 내 인스타그램을 알아내 찾아오기 때문이다. 참고맙고 기쁜 일이다.

부산에 사는 서른두 살 여학생이 있었다. 내게 에세이를 배운 이 학생은 미용사로 일하면서도 수업을 열심히 들었고 숙제도 열심히 해왔다. 숙제 약속을 지키려고 새벽에 일어난 적도 있었다. 수업이 끝나면 학생은 내게 뒤에 수업이 또 있느냐고 물으면서 자신의 연애 경험담을 들려주곤 했다. 학생은 연애 경험이 많아서 그런지 할 말도 많았다. 하루는 '새 사람'이라는 주제로 글쓰기 숙제를 내주었는데 전 남친의 새 여자친구로 써오겠다고 그래서 내게 큰 웃음을 안겨주었다. 미련은 없지만 사람 심리라는 게 괜히 궁금해진다나?

어느 날 학생은 내게 남은 커리큘럼이 어떻게 되느냐고 물었다. 나는 내가 강사 일을 하는 한 커리큘럼은 계속 추가될 거라고 말했다. 그런데 학생이 그런 질문을 한 이유가 있었다.

"언제까지 글쓰기 수업을 들을 수는 없잖아요."

학생의 말이 맞았다. 언제까지고 글쓰기 학생으로 남아 있을 수는 없다. 글쓰기 수업을 졸업해야 하는 순간이 온다.

선생님은 학생들의 글쓰기 실력을 끌어올리고 성장을 돕는 중요한 존재다. 그러나 어느 정도 자기 글을 쓸 줄 알게 되고 글쓰기 수업을 졸업할 때가 되면 학생들은 새로운 도전에 직면하게 된다. 바로 책을 내는 일이다. 예전에 한 독자가 내게 이런 질문을 했다.

"작가님은 그럼 누구에게 피드백을 받으시나요?"

나는 보통 편집자에게 피드백을 받는다. 글쓰기 선생님을 떠나 본격적으로 책 출간을 준비하는 학생들은 나처럼 편집자에게 피드백을 받으면 된다. 그런데 아직까지 내 학생들은 편집자가 하는 일도 잘 모르고 편집자의 매력도 잘 몰라 그분들을 잘 활용하지 못한다. 편집자의 피드백은 작가에게 귀한 도움이 된다. 작가는 자신의 글을 더욱 발전시키기 위해 편집자의 의견을 받아들일 필요가 있다.

부산 학생은 글쓰기 수업을 그만두고 얼마 후 나를 보러 서울로 올라왔다. 우리는 성수동에 있는 핫플레이스를 탐방하면서 즐거운 시간을 보냈다. 근황을 물어보니 요즘도 내게 배운 내용을 토대로 혼자서 새로운 글을 계속 써보고 있다고 했다. 그러면서 핸드폰에 저장해 놓은 메모들을 내게 보여주었다. 일하느라 바빠 쓸 시간이 없으면 메모라도 해놓는다고 했다. 메모는 양이 상당했다. 글 소재가 끊임없이 떠오른다고 했다. 나는 이미 소재는 많으니 언제든 글을 쓸 수 있는 용기만 있으면 된다고 조언해 주었다.

나에게는 요즘 새로운 수업 목표가 생겼다. 동기부여도 아니고, 좋은 문장을 쓰게 하는 것도 아니고, 공모전에 당선시키는 것도 아니다. 바로 학생들의 기억 속에 글쓰기 수업을 좋은 추억으로 남게 하는 것! 글쓰기 수업이 학생들의 삶을 더욱 풍요롭게 할 수 있다면 나의 수업은 성공적이었다고 말할 수 있을 것이다.

무장르가 상장르다

매번 다른 장르가 찾아온다고 말하는 학생

소설 수업을 하면 일단 학생들에게 SF, 미스터리, 판타지, 공포 장르를 다 가르친다. 지금은 자신이 SF를 쓴다고 해도 나중에 생각이 바뀌어 어떤 장르를 쓰게 될지 모르기 때문이다.

처음 글을 쓸 때부터 나는 소설을 열렬히 사랑했다. 내 삶에 메시지를 가져다주었기 때문이다. 일상에서 일어나는 일과 소설 속 메시지가 우연히 겹치는 일을 종종 경험했다. 스스로 소설과 연애하는 여자라고 말했을 만큼 소설이 매력적인 장르라고 생각했다.

그런 내가 지금은 에세이를 쓰고 있다. 나도 에세이를 쓰게 될 줄 몰랐다. 곰곰이 생각해보니 스무 살 때 인상 깊게 읽었던 책은 소설이 아니었다. 이석원 작가가 쓴『보통의 존재』라는 에세이였다. 왜 난 처음부터 에세이를 쓸 생각을 못했을까? 나를 드러내는 게 무서워서였다. 에세이는 날것 그대로의 나를 보여줘야 하는 장르라 겁이 났다.『보통의 존재』를 처음 읽었을 때 작가의 솔직함에 놀랐다. 보통 사람이라면 내놓기 망설여지는 사적인 이야기들이 서슴없이 쓰여 있었기 때문이다. 과연 나는 이렇게까지 쓸 수 있을까 하는 생각이 들었다. 에세이가 더욱 어렵게 느껴지는 순간이었다.

내가 주로 가르치는 분야는 소설과 에세이지만 그 밖에 시나 희곡, 시나리오를 배워가는 학생도 있다. 어떤 학생은 '선생님은 어떻게 다른 장르의 글도 다 알고 있느냐'고 묻는다. 아마도 고등학생 시절 영화과에서 시나리오 작법을 공부했던 덕분인 듯하다. 소설과 반대인 환경에 놓인 것이 오히려 소설 창작에 큰 도움을 준 것이다.

각각의 장르는 서로 영감을 주고받을 수 있으며, 다른 장르에서 배운 것들이 창작에 도움을 주기도 한다. 그러므로 어떤 작가라도 여러 장르에 관심을 가지고 열려 있으면, 자신만의 독특하고 참신한 작품을 만들어낼 수 있다.

시, 소설, 에세이, 희곡, 시나리오를 모두 가르칠 수 있는 건 사실 글이란 게 시를 제외하면 다 거기서 거기기 때문이다. 초등학생과 중학생에게 글쓰기를 가르쳤던 적도 있는데 성인 글쓰기와 크게 다른 점이 없어서 놀랐다. 썼던 단어를 또 쓰면 지루하다든지, 일문일사를 써야 한다든지 하는 것들이 비슷했다.

예술가는 경계를 뛰어넘는 힘이 있다. 한정된 영역에만 머무르지 않기 때문이다. 글 쓰는 사람도 마찬가지다. 얼마든지 새로운 스타일에 도전할 수 있다. 소설만 사랑하던 내가 에세이를 쓰기 시작한 것처럼, 변화는 또 다른 성장의 기회로 이어진다. 다양한 장르를 공부하고 받아들이는 과정에서 자신만의 독특한 문체를 발견하게 될지도 모른다. 하루는 줄곧 시만 써오던 학생이 에세이를 제출하며 말했다.

"요즘 시가 안 써져서 이것저것 쓰다 보니 에세이가 나왔어요."

맞다. 소설만 쓰던 내게 에세이가 다가왔듯이 그렇게 불현듯 자신에게 오는 장르가 있다. 앞으로 자신이 어떤 글을 쓰게 될지는 아무도 모른다. 그러므로 모든 장르에 마음을 열어 두고 공부해두는 게 좋다.

작가들의 행보를 보면 시도 쓰고 소설도 쓰는 사람도 있고, 소설도 쓰고 영화 시나리오에도 참여하는 사람도 있다. 어떤 사람은 이를 두고 전문성이 없다며 비난하겠지만 나는 그렇게 생각하지 않는다. 글 쓰는 사람이라면 자연스레 다른 장르에도 욕심을 내보게 마련이니까.

소설가 공지영이 르포르타주 『의자놀이』를 발표해 주목을 받았듯이, 대중은 작가의 행보가 바뀌면 관심을 기울일 가능성이 높다. 때로는 다른 모습도 보여줘야 질리지 않고 계속 좋아하지 않겠는가. 나는 오히려 이러한 다변화적인 접근 방식이 글 쓰는 사람의 성장을 이끌어내리라 생각한다. 결국 무장르가 상장르다.

전공이 뭐예요?

자신의 전공을 활용해 소설을 쓰는 학생들

"전공이 뭐예요?"

처음 만났을 때 상대를 파악하기 위해 사람들이 자주 하는 질문이다. 그런데 요즘 같은 100세 시대에 더 이상 이런 질문이 통할 리 없다. 이제는 다양한 분야에서 자신의 능력과 가능성을 발휘할 수 있는 시대가 됐기 때문이다.

글쓰기 수업을 신청하는 분들만 봐도 그렇다. 전공과 상관없이 글을 배워보고 싶다고 나를 찾아온다. 전공도 참 다양하다. 컴퓨터공학, 통계학, 간호학, 체육, 실용음악, 역사학, 연극영화학… 처음에는 글쓰기를 전공하지 않아서 걱정을 많이 했지만 나중에는 자신의 전공 분야를 활용해 참신한 작품을 완성시켰다. 스스로에 대한 불안감이 무색할 만큼 훌륭한 글이 많았다. 특히 한 학생은 유독 자신의 전공 분야를 녹여내는 능력이 뛰어났다. 컴퓨터공학과 뇌인지과학을 공부한 자신의 배경을 활용해 SF 소설을 쓰기도 했다. 아래는 학생의 작품 「제페토」의 일부다.

정신을 차려보니 병실이었다. 몸이 움직일 수 없는 것은 그대로였다. 머리에 통증이 느껴졌다. 간호사가 손거울을 내밀었다. 거울을 보니 머리는 짧게 밀려 있었고 붕대로 드레싱된 상태였다. 붕대 속 머리는 바늘로 꿰맨 자국이 선명했다. 그리고 정수리 쪽에는 바늘 형태로 된 전극이 뇌의 운동영역 주위에 삽입돼 있었다. 삽입된 전극 위로 전극 커넥터가 연결돼 있었다. 진호가 봐도 사이보그 인간 같았다. 다시 그 박사가 찾아왔다.

"진호 씨, 고생 많으셨습니다. 수술은 잘 끝났어요. 저희가 진호 씨를 위해 IBM2022이라는 컴퓨터를 제작해보았습니다. 전극을 통해 뇌파를 읽어들여서 외부 장치나 로봇팔을 움직이도록 계산해서 값을 출력하는 시스템이에요. 이곳에 접속 가능하시겠어요?"

진호가 본 IBM2022 컴퓨터는 컴퓨터 본체가 2단으로 좀 더 업그레이드 된 버전이라는 것이 특징이었고, 바퀴 달린 카트 위에 위치해 있었다. 일반 컴퓨터처럼 가장 위에는 모니터가 달려 있었다.

진호는 정신을 집중해 머릿속으로 컴퓨터의 커서를 조종하는 생각을 했다. 컴퓨터에서는 진호의 뇌파가 샘플링돼 숫자로 기록됐다. 기록된 뇌파는 랜선을 통해 광속으로 이동하여 IBM2022 컴퓨터의 계산부로 전해졌다. 계산부에서 딥러닝 알고리즘이 작동돼 뇌파를 100밀리초마다 해독했다. 해독 결과값으로 x, y좌표 2차원 벡터를 출력했다. 출력된 벡터를 통해 움직인 커서는 진호가 의도한 방향과 같았다. 스스로 입을 움직일 수 없어 콧줄로 밥을 먹어야 하는 진호에게는 큰 선물과 같았다.

"잘 하시네요, 역시 운동신경이 남다르시다보니 컴퓨터 커서도 자유롭게 움직일 수 있군요." 박사가 뿌듯해 하며 바라보았다.

"그럼 슝크를 이용해서 제가 가져온 커피를 집으실 수 있겠어요?"

진호는 처음에는 미숙했지만 슝크를 자신의 팔처럼 생각하며 조종했다. 뇌의 운동영역에서 기록된 움직임을 상상하는 뇌파가 IBM2022의 계산부에서 3차원 x,y,z 벡터로 해독됐다. 해독 결과는 진호가 의도한 대로 움직였다. 커피에 가까이 갔을 때 슝크의 손이 움직여 커피를 잡을 수 있었다. 박사는 크게 기뻐하며 말했다.

이 학생은 특유의 논리적이고 체계적인 접근 방식으로 뇌인지과학과 관련된 주제를 다뤘다. 전문적인 내용을 쉽게 이해할 수 있도록 줄거리 속에 설명을 적절히 녹여내기도 했다. 이런 일련의 방식은 독특하고 참신한 작품을 만들어내는 데 큰 도움이 된다.

문헌정보학과를 졸업하고 사서로 일하던 학생이 있었다. 그녀가 써온 작품의 제목 역시 「사서」였다. 학생은 자신이 문헌정보학을 전공했기도 하고 사서로 일하고 있어서 작품을 쓰는 데 큰 어려움이 없었다고 했다. 줄거리는 이렇다.

설림도서관에서 일하는 사서 은서는 진상 손님들 때문에 골머리를 앓는다. 그중에는 항상 보존서고에 있는 책을 찾아달라고 부탁하는 손님이 있다. 그런데 언젠가부터 보존서고에서 사람이 쓰러지고 기이한 일이 벌어진다는 소문이 돈다. 여러 사건 사고들이 일어나면서 다른 사서도 모두 보존서고에 내려가는 걸 꺼려 한다. 알고 보니 이런 소문을 퍼트렸던 사람은 다름아닌 사서 은서였다. 진상 손님들 때문에 스트레스를 받아서 이런 일을 벌인 것이다.

글쓰기를 전공하지 않은 학생들은 자신이 문예창작과를 나오지 않았는데 글을 잘 쓸 수 있을까 하는 걱정을 하곤 한다. 하지만 비전공자들이 오히려 할 말이 많다. 전공 분야와 글쓰기는 상호보완적인 관계를 가지고 있기 때문이다. 「제페토」를 쓴 학생이나 「사서」를 쓴 학생처럼 자신의 전문 분야에서 얻은 지식과 통찰력을 글

03 글쓰기 그 이상의 글쓰기

쓰기에 활용하면 다른 사람들이 생각하지 못한 흥미로운 방식으로 주제를 다룰 수 있다.

글쓰기는 각자의 관심사를 탐구하고 표현하는 다양한 방법 중 하나다. 그래서 전공에 상관없이 누구나 자신의 아이디어와 이야기를 전달할 수 있다. 이 학생처럼 자신의 전공 분야와 글쓰기를 결합하여 새로운 인사이트를 제공하는 것은 멋진 일이라고 생각한다. 앞으로도 다양한 전공을 가진 학생들이 글쓰기로 자신이 가진 세상을 다른 이에게 나누기를 기대한다.

쓸 소재가 없어요
소재가 고갈됐다고 말하는 학생들

　글쓰기 수업 첫째 날, 나는 앞으로 쓸 소재에 대해 학생들과 편하게 이야기를 나눈다. 쓸 소재가 많아서 메모해온 것들을 하나씩 말하는 학생이 있는가 하면 이렇게 말하는 학생도 있다.

　"쓸 소재가 없어요."

　이런 말을 들으면 나는 의아한 마음부터 든다. 작가란 세상에 하고 싶은 말이 많아서 글을 쓴다고 생각하기 때문이다. 나로 말할 것 같으면 글 쓰는 과정이 너무 힘들어 더 이상 글을 안 쓰겠다고 해놓고도, 하고 싶은 말이 계속 생겨서 쓸 소재가 차고 넘친다. 그래서 소재가 떨어진 학생들에게 내가 가진 소재를 나눠주기도 한다.

하지만 이렇게 하는 데는 한계가 있다. 내가 주는 소재는 학생이 다루고 싶어 하는 소재가 아니기 때문이다. 진정성이 담기지 않은 소재는 글을 쓸 때 큰 장애물이 된다. 글쓰기는 자신의 속마음을 끄집어내는 행위이므로 스스로에게 솔직해지는 일이 무엇보다 중요하다. 작가로서 성장하고 발전하기 위해서는 자신의 내면을 들여다보고 표현하는 일에 집중해야 한다. 그렇지 않으면 글이 무거워지고 남의 글처럼 보일 수 있다.

그렇다면 우리는 어디서 영감을 얻어야 할까? 몇 가지 방법이 있다. 먼저 나는 영감이 올 때까지 기다리지 않는다. 매일매일 같은 시간에 일정하게 글을 쓴다. 영감이란 매일 같은 시간에 같은 장소에서 글을 쓰는 사람에게 섬광처럼 스쳐지나가는 한 줄기 빛이자 선물이기 때문이다. 영감이나 소재는 올 때까지 기다리기만 해서는 안 된다. 오히려 글을 쓰면서 발견하고 찾아나갈 수도 있다. 뭐라도 좋으니 일단 써보자. 한 줄 한 줄 적다보면 뭔가가 나오게 마련이다.

주변 사람들과 사물들을 깊이 관찰하는 것도 영감의 원천이 된다. 실제로 많은 작가들이 카페에서 글을 쓰다가 옆 테이블에서 하는 말을 엿듣는다고 한다. 나 역시 옆 테이블에서 나누던 대화가 생생하게 들려와 영감을 받은 적이 많다. 이렇게 수집한 말들은 마치 내가 한 말처럼 글 속에 자연스럽게 녹아들게 된다.

다음은 독서다. 가장 쉽고 발품을 팔지 않아도 되는 방법이다. 다양한 시대의 작품을 접하며 다른 문화를 느껴보거나 여러 장르의 책을 읽으며 작가들의 글쓰기 방식을 배우는 것은 글을 쓰는 데 많은 영감을 준다. 특히 좋아하는 작가의 책을 읽다 보면 그의 발상이나 표현법에 영향을 받게 되는데 이는 글쓰기 실력을 향상시키는 데 큰 도움이 된다.

여행을 통해서도 영감을 얻을 수 있다. 새로운 장소에 가보거나 이질적인 문화를 접하면서 평소에 하지 못한 다양한 생각을 떠올려보는 것이다. 안 가본 카페에서 수업을 한다거나 새로 나온 음료를 마셔보는 것도 의외로 훌륭한 영감을 제공해줄 수 있다.

메모를 하거나 일기를 쓰는 것도 중요하다. 자신의 생각과 감정을 정리하고 붙잡아둘 수 있기 때문이다. 특별한 일이 있거나 머릿속을 스치는 아이디어가 있다면 귀찮게 생각하지 말고 바로바로 기록해두자. 시간이 한참

흐른 뒤 불현듯 떠올라 멋진 글감이 될지도 모른다.

작가 공지영은 자신의 가족사에서부터 심각한 사회 문제에 이르기까지 다양한 소재로 글을 써온 것으로 유명하다. 언젠가 한 기자가 작가에게 이런 질문을 했다.

"앞으로 어떤 소재로 쓰실 건가요?"

그녀는 이렇게 대답했다.

"쓸 소재는 많아요. 다 제가 게을러서 못 쓰고 있는 거죠."

역시나 많은 작품을 쓴 작가다운 대답이었다. 이 세상에 하고 싶은 말이 많은 작가임에 틀림없다.

글을 잘 쓰기 위해서는 소재가 없다고 느낄 때도 자신과 주변을 돌아보는 것이 중요하다. 다양한 경험과 아이디어를 탐구하는 노력을 계속해보길 바란다.

학생들이 가장 많이 써오는 주제 1위

첫사랑으로 글을 써오는 학생들

학생들이 가장 선호하는 글쓰기 주제는 무엇일까? 바로 '첫사랑'이다. 자신이 잘 알고 경험해본 일이기에 글을 써내려가는 데도 어려움이 없는 편이다. 처음에는 뭘 써야 하나 고민하던 학생들도 이 주제를 던져주면 언제 그랬느냐는 듯 좋은 글을 써오곤 한다.

사실 글쓰기 주제를 정하는 건 쉽지 않은 일이다. 내가 잘 다룰 수 있고 나와 독자 모두가 흥미를 느끼는 것이어야 하기 때문이다. 알지도 못하고 관심도 없는 주제로 글을 쓰게 되면 글쓰기는 고역이 될 수밖에 없다. 애정이 없다보니 글쓰기는 자꾸만 뒤로 밀리고, 완성하더라도 독자의 관심을 끌지 못하게 된다. 독자의 공감을 얻지 못하면 아무리 심혈을 기울여 쓴 글도 좋은 글이 될 수 없다. 그러므로 주제를 정할 때는 다음 네 가지를 고려하는 것이 좋다.

- ▸ 타깃 독자는 누구인가?
- ▸ 독자가 흥미를 가질 만한 주제인가?
- ▸ 이 주제에 대한 독자의 배경 지식은 어느 정도인가?
- ▸ 독자는 내 글을 통해 무엇을 얻는가?

첫사랑은 이 네 가지 물음에 부합하는 좋은 주제다. 먼저 타깃 독자의 측면에서 들여다보자. 첫사랑은 많은 사람들의 관심을 끌 수 있다. 주로 사랑과 로맨스에 관심이 있는 청소년들과 20대 30대 젊은 성인들이 주요 독자일 것으로 예상되지만, 첫사랑에 대한 추억을 회상하고 싶어 하는 중년층과 노년층까지 독자로 끌어들일 수 있다.

다음으로, 첫사랑은 독자가 흥미를 가질 만한 주제다. 사랑, 감정, 관계 등 인간의 성장에 관한 이야기는 누구나 끌릴 수 있는 좋은 주제다. 특히 첫사랑은 인생에서 가장 중요한 사건 중 하나고, 감동적이고 로맨틱한 이야기를 포함하기 때문에 독자들의 호기심을 쉽게 자아낼 수 있다.

또 대부분의 독자들은 이 주제에 대해 어느 정도의 배경 지식을 가지고 있을 가능성이 높다. 누군가를 직접 사랑해본 경험이 없는 사람이라도 어렵지 않게 첫사랑에 관한 이야기를 접하기 때문이다.

마지막으로 독자들은 다른 사람의 사랑 이야기에 공감하며 대리만족을 하거나 각자의 기억을 떠올리며 추억에 잠기게 된다. 이러한 특징들은 우리가 부담없이 사랑에 대한 글을 써내려갈 수 있게 만든다.

학생들과 수업을 하면서 재미있게 느껴지는 부분은 세대별로 써오는 내용이 다르다는 점이다. 아마도 각자가 생각하는 첫사랑에 대한 정의가 달라서 그런 것이 아닌가 한다.

20대와 30대의 글에서는 미련과 그리움이 크게 느껴진다. 한 20대 학생은 길에서 우연히 첫사랑을 만나는 이야기로 소설을 써왔고, 한 30대 학생은 과거로 돌아가서 교통사고로 떠나 보낸 첫사랑을 다시 만난다는 대체 역사물을 써왔다. 아직 어리고 순수한 마음을 가지고 있기 때문인 것 같다.

40대의 첫사랑 이야기는 좀 더 현실적이고 복잡하다. 자기 나이 정도 되면 첫사랑이 이 사람이었는지 저 사람이었는지 헷갈린다고 말하는 학생도 있었다. 직장, 가족, 친구관계, 경제 등 다양한 측면에서 압박이 늘어나는 시기이다 보니 사랑도 좀 더 현실적으로 바라보는 경향이 있는 듯하다. 첫사랑에 대한 글을 쓸 때도 미련이나 그리움이 드러나기보다는 일상의 이해와 고민이 반영돼 있는 경우가 많다.

50대의 첫사랑 이야기는 더욱 다양하고 다채롭다. 한 50대 학생은 첫사랑 이야기를 해주겠다면서 다섯 명이나 되는 사람들을 언급하기도 했다. 여러 사람과 겪은 첫사랑의 특별한 순간들을 간직하고 있었던 것이다. 이들은 이제 성숙한 나이에 이르러 과거의 선택에 대해 회고하는 시간을 갖고 있다.

60대의 첫사랑 이야기는 마음이 따뜻해지는 것 같다. 한 60대 어머님 학생은 '이 남자와 결혼을 안 했으면 어땠을까' 하는 생각을 하며 자신의 첫사랑을 다시 찾으러 가는 이야기를 써왔다. 가정을 버리고라도 첫사랑을 찾으러 가는 이야기를 읽으며 순수했던 마음을 잊지 않았음을 느낄 수 있었다.

이렇게 학생들마다 흥미로운 글이 나오는 이유는 '첫사랑'이라는 주제가 보편적이면서도 특수한 성격을 가지고 있기 때문이다. 모두가 알면서도 모두가 다르게 느끼는 곳. 그곳에서 매력적인 이야기가 나온다.

어떤 글을 써야 할지 막막한 기분이 든다면 앞에서 소개한 네 가지 사항을 참고해 자신만의 글쓰기 주제를 떠올려보자. 주제는 글의 효과를 높이기 위해 반드시 고려해야 하는 중요한 요소다.

03 글쓰기 그 이상의 글쓰기

시행착오도 겪어봐야 하지 않나요

버려지는 글을 쓰는 학생

"선생님, 걸레 드려요."

한 학생이 내게 초고를 줄 때 했던 말이다. 걸레를 준다니, 이게 무슨 말일까. '모든 초고는 걸레다.' 이 말은 문호 어니스트 헤밍웨이가 남긴 명언이다. 초고는 완벽할 수 없으며 글은 끊임없이 고쳐 써야 한다는 뜻이 담겨 있다. 그래서 작가 지망생인 내 학생들에게 가장 인기 있는 말이다. 엉망인 자기 초고도 가능성이 있다는 희망을 품게 하기 때문이다.

학생들이 초고를 넘기며 이런 말을 하는 것은 그들이 아직 자신의 작품에 완벽함을 추구하지 않아도 된다는 마음을 가지고 있기 때문이다. 아무리 뛰어난 작가라도 처음부터 완벽한 작품을 만들기는 어렵다. 「노인과 바다」로 노벨문학상을 수상한 헤밍웨이도 작품을 완성하기 위해 200번이나 고쳐 썼다고 한다. 그러므로 글을 쓰는 사람이라면 자신의 초고를 걸레처럼 여기고, 끊임없이 다듬어 발전시켜야 한다.

학생들의 초고는 맞춤법과 띄어쓰기도 제대로 돼 있지 않다. 그래도 나는 상관없다고 본다. 맞춤법과 띄어쓰기는 부차적인 것이고 중요한 건 내용이기 때문이다. 작가로서 주고 싶은 메시지와 아이디어가 더욱 가치 있는 부분이기 때문에 내용에 초점을 두는 것이 맞다. 나는 맞춤법과 띄어쓰기가 부족하다고 해서 학생들의 초고를 무시하지 않는다. 오히려 그들이 표현하고자 하는 내용과 메시지를 이해하고 지지해주는 데 집중한다. 학생들의 아이디어와 감정을 솔직하게 표현하는 것이 글쓰기의 가장 중요한 목표이기 때문이다.

그런데 이런 시행착오를 시간 낭비라고 생각했던 학생이 있었다. 소설의 결말 부분을 이렇게도 바꿔보고 저렇게도 바꿔보며 비교하다 보니 두 번째 버전이 더 나아 보였다. 그렇게 고쳐보자고 하자 학생에게서 이런 답변이 돌아왔다.

"그럼 시간 낭비한 거네요."

무안한 나머지 두 번째 버전이 더 좋은 것 같아서 이런 결론을 내렸다고 얼버무렸다. 나는 내가 잘못 가르치고 있는 건지 스스로 의심하기까지 이르렀다. 물론 글쓰기를 빠르게 배우고 싶은 마음 때문이라는 것은 이해한다. 하지만 아직 스물셋밖에 안 됐는데 뭐가 그렇게 급했을까 하는 섭섭한 생각도 들었다.

반면 자신이 겪은 시행착오를 부끄러워하지 않았던 학생들도 있다. 40대의 아줌마 학생이었는데 등단하기까지 두 달 동안 정말 많은 작품을 쓰고 버리고 쓰고 버렸다. 아줌마 학생은 자신의 행동을 '삽질'이라고 표현했다. 그녀는 웃으며 말했다.

"저처럼 삽질도 해보고 그러는 거죠."

또 다른 학생 역시 글을 쓸 때 겪는 시행착오를 긍정적으로 생각했다. 웹소설을 쓰던 남학생이었다. 정통 판타지 장르를 쓰던 학생이었는데 어느 날 수업 때 내게 이런 질문을 했다.

"시행착오도 겪어봐야 하는 것 아닌가요?"

맞는 말이었다. 나도 지금껏 얼마나 많은 습작을 쓰고 버렸던가. 습작이 소중한 이유는 그것을 통해 자신의 부족한 점을 인식하고 향상시킬 수 있기 때문이다. 습작품을 토대로 다음 작품에서 똑같은 실수를 하지 않을 수 있다.

습작은 완벽하지 않아도 된다는 편안한 마음을 준다. 이 과정에서 작가는 자유로움을 느끼며 새로운 아이디어를 시도하고 실험할 수 있다. 결과가 어떻든 이번 작품은 그냥 한번 해보는 것이라고 생각하면 그만이기 때문이다. 습작은 실패가 아니라 성장의 기회다.

독후감 쓰기부터 잘했으면 좋겠어요

초등학생들의 글쓰기

맨 처음 강사 생활을 시작할 때 나는 강의 대상을 성인으로 잡았다. 성인을 위한 글쓰기 수업을 하고 싶었기 때문이다. 등단을 꿈꾸거나, 작가가 되고 싶은 사람들에게 용기를 주고 나의 경험과 노하우가 도움이 됐으면 하는 바람이 있었다.

어느 날 초등학생 학부모에게 강의 의뢰가 들어왔다. 자녀가 독후감 쓰는 것을 지도해달라는 것이었다. 처음에는 걱정이 앞섰다. 아이들을 가르쳐본 적은 한 번도 없었기 때문이다. 하지만 새로운 경험이 될 거라고 생각해 수업을 맡아보기로 했다. 무엇보다 조금이라도 수입을 늘릴 수 있다면 이는 더없이 좋은 기회가 아닌가!

초등학생들과의 수업은 걱정과는 달리 금방 적응됐

다. 아이들이 좋아하는 아이언맨 이야기를 해주거나 요즘 유행하는 롤업젤리에 싸 먹는 메로나를 사가는 날이면 평소에는 산만하던 아이들도 언제 그랬느냐는 듯 조용히 수업을 들었던 것이다.

한번은 초등학생을 대상으로 한 강연에서 좀 어려울 것 같은 질문을 던져본 적이 있다. 바로 "글을 왜 쓰나요?"라는 질문이었다. 의외로 초등학생들은 이런 철학적인 질문을 좋아했다. 평소에 질문이 없던 학생들도 손을 들어가며 자기가 하고 싶은 말을 마음껏 했다. 성인 학생들에게 들려주던 글쓰기에 대한 사유도 신기할 정도로 척척 알아들었다. 강연이 끝나고 나서는 이런 질문들이 들어오기도 했다.

"선생님이 쓴 글 중에 최고의 작품은 뭐였어요?"
"글이 안 써질 때는 어떻게 하면 돼요?"
"선생님이 좋아하는 작가는 누구예요?"

그날 이후 초등학생 수업에 대한 부담감은 점점 사라져갔다. 아이들도 어른 못지않게 똑똑하다는 걸 깨달았기 때문이다.

내가 유일하게 그룹 수업을 하는 두 명의 학생이 있다. 서울 해누리초중이음학교 4학년에 재학 중인 홍예지 양과 서예지 양이 그 주인공이다. (꼭 실명을 밝혀 달라고 간곡히 부탁했다.) 둘은 이름이 같아서 친구가 됐다. '예지들'은 내 학생들 가운데 가장 열심히 수업을 듣는 학생들이다. 교재에서 지루한 부분이 나와도 한 문장 한 문장 소리내서 읽으며 재미있게 수업하려고 노력한다. 그 모습을 보고 찐한 감동을 먹었다.

수업은 송파구에 있는 홍예지 양의 집에서 진행된다. 베이킹이 취미인 어머님이 수업 때마다 직접 구운 빵을 대접해주신다. 미리 읽어온 읽기 자료를 가지고 독후감 쓰기 30분, 어휘 공부 30분, 글쓰기 공부 30분을 하고 나면 수업이 끝난다. 수업의 하이라이트는 단연 독후감 쓰기다. 초등학생 아이를 둔 학부모님들은 수업을 의뢰하면서 대부분 이런 말씀을 하신다.

"독후감 쓰기부터 잘했으면 좋겠어요."

독후감 쓰기에 대한 부모의 근심은 예나 지금이나 똑같은 것 같다. 아이들은 느낀 점을 제대로 쓰지 못하기 때문이다. 내가 초등학생일 때도 독후감 숙제가 있었다. 한꺼번에 몰아서 하느라 방학 숙제로 썼던 일기만큼 애를 먹었던 일이 생각난다. 학부모님들은 걱정스러운 눈으로 이렇게 말한다.

"감상을 길게 써야 하는데 우리 아이가 줄거리를 더 길게 써요."

"느낀 점은 한 줄밖에 안 쓰는데 제가 보기에 문장이 너무 유치해요."

왜 학생들은 유독 줄거리를 길게 쓸까? 요약 능력과 감상을 표현하는 능력이 부족하기 때문이다. 특히 분량이 많고 복잡한 책은 요약하기보다 자세히 설명하는 것이 더욱 쉽고 편하게 느껴질 수 있다.

또 어휘력이 부족한 경우 문장이 유치해질 가능성이 높아진다. 똑같이 '재밌다'를 써도 어떻게 재미있는지가 표현돼야 한다. '긴장감이 넘쳐서 재밌다', '주인공이 위기에 빠져서 재밌다'처럼 구체적으로 써줘야 한다. 그냥 '재밌다'라고 쓰는 것은 '존잼'만 못하다. 초등학생의 글이 유독 '초딩스러운' 이유는 구체적이고 감각적인 묘사가 빠져 있기 때문이다.

그러고 보면 '예지들'은 글을 참 잘 쓰는 학생들이다. 무엇보다 각자의 장점이 확실하다. 서예지 양은 사건이 전개되는 과정이나 인물 간의 관계를 잘 이해하고 있어서 논리적인 글을 쓴다. 반면 홍예지 양은 창의력과 상상력이 풍부해 소설이나 시를 쓰며 글쓰기를 하나의 놀이처럼 받아들인다.

어느 날 둘에게 오 헨리의 단편 「되찾은 양심」을 보여주었다. 출소 후 신분을 숨기고 살아가던 절도범 지미 발렌타인이 금고에 갇힌 약혼자의 가족을 꺼내기 위해 자신의 정체를 드러낸다는 이야기다. 서예지 양은 이런 이야기를 잘 파악해 줄거리를 논리적으로 잘 써내려갔다. 반면 창의력과 상상력이 풍부한 홍예지 양은 '지미 발렌타인은 사랑 앞에서는 온순해진다'라는 표현으로 내게 깊은 인상을 남겼다.

프랑스 작가 마르탱 파주의 동화 『나는 아무 생각이 없다』를 보여주었을 때도 마찬가지였다. 서예지 양은 이번에도 시간 순서대로 줄거리를 잘 요약했다. 예술가가 되기를 바라는 부모님의 강요에 혼란스러워 하는 중학생 소녀 셀레나의 모습을 잘 그려낸 것이다. 반면 홍예지 양은 셀레나의 부모님을 보며 '마치 꽃을 피우지 못하도록 흙을 짓밟는 모습 같다'고 표현했다.

나는 종종 두 학생이 글을 바꿔 읽을 수 있는 시간을 준다. 자신에게 부족한 부분을 다른 곳에서 발견함으로써 균형 잡힌 글을 쓰는 데 도움을 줄 수 있기 때문이다. '예지들'은 이제 공동 작업으로 직접 소설을 써보는 수업을 앞두고 있다. 글쓰기 실력이 계속 성장하고 있어서 선생님으로서도 큰 보람을 느낀다.

글쓰기는 외로운 작업이지만 동료가 있는 것만으로도 큰 시너지 효과를 낼 수 있다. 때로는 이러한 깨달음을 어린 학생들에게서 얻는다.

제 글에 애정이 안 가요

소재 선택으로 방황하는 학생

우리는 강남역에 있는 카페에서 만나기로 했다. 수업은 오전 11시 30분부터 1시까지. 30대 후반으로 보이는 남학생은 강남역에 있는 회사에 다니는 분이었다. 스마트한 이미지여서 한눈에 회사원처럼 보였다. 시간대를 이렇게 정한 이유는 회의를 끝내고 점심시간을 활용해 잠시 수업을 들으려 했기 때문이었다.

학생은 예전에 다른 글쓰기 모임에서 소설을 한 편 썼던 적이 있다고 했다. 구성원들의 글을 모아 문집까지 냈다며 그때 썼던 소설을 보내왔다. 그런데 뭔가 이상했다. 자기 딴에는 연애소설이라고 썼는데 막상 읽어보니 연애하는 모습은 보이지 않았다. 친구 세 명이 나와서 사진을 찍다가 썸을 탈락 말락 하는 그런 이야기였다. 다 읽고 나서 나는 이렇게 말했다.

"이건 연애소설이 아니라 우정소설이에요."

학생은 내 말을 듣고 하하하 웃었다. 이후 학생은 독서 모임에 올 때마다 연애소설을 썼는데 선생님이 우정소설이라 했다며 자신을 소개하곤 했다.

나는 이제 우정소설은 뒤로 하고 새로운 소설을 써보자고 했다. 그래서 학생은 매주 소재를 하나씩 가져왔다. 하지만 소재를 고르는 여정은 두 달이 지나도록 끝나지 않았다. 학생은 이 소재로도 조금씩 써보고 저 소재로도 조금씩 써보다가 결국 이런 말을 했다.

"제가 쓰는 글에 애정이 안 가요. 소재 때문인 것 같아요."

나는 학생이 왜 자신이 쓰는 글에 애정이 안 갈까 생각해보았다. 우선 완벽한 소재를 찾으려고 해서 그런지 모른다는 생각이 들었다. 글쓰기에서는 완벽을 추구하기보다는 빠르게 아이디어를 시도해보는 게 좋다. 넘어

져봐야 걸을 수 있지 않은가.

또 학생은 자신이 드러나는 글을 쓰고 싶지 않아 했다. 나도 처음에 소설을 쓸 때 비밀이 많고 내 이야기를 잘 하지 못하는 사람이었다. 그래서 허구 뒤에 숨을 수 있는 소설을 좋아했는지 모른다. 이런 관점에서 학생의 글이 막히는 두 번째 이유는 자신의 관심사나 경험을 적극 활용하지 않아서다. 자신이 좋아하거나 잘 알고 있는 주제에 대해 글을 쓰면 자신의 글에 더 많은 애정을 느낄 수 있을 것이다.

마지막으로 매주 돌아오는 글쓰기 수업이 은근한 압박감으로 다가왔을 수 있다. 게다가 일이 많다 보니 직장에 다니면서 부지런히 글을 쓰는 일이 보통 일이 아니었을 것이다. 마감 기한이나 압박이 있는 경우, 소재 선택이 어려워질 수 있다. 스트레스는 창의성을 억누르고 글쓰기를 어렵게 만들기 때문이다. 나는 학생이 좀 더 휴식을 취하면서 편안한 상태에서 아이디어를 냈으면 했다. 일이 많은 지금으로선 불가능한 일처럼 보이지만. 소재 선택으로 방황의 나날을 보내는 학생이 안쓰러워 보여 나는 이렇게 제안했다.

"그럼 다음주엔 술 마시면서 수업할까요?"

"아니에요. 다음에 해요. 지금 하는 방황은 저 혼자 처리하고 싶어요."

학생은 처음 이미지처럼 대답도 젠틀했다. 물론 나는 선생님이기 때문에 학생이 한번에 방황을 끝낼 수 있는 방법을 알고 있다. 바로 자신을 드러내는 글을 쓰는 것. 자신의 경험, 감정, 관심사를 활용하면 더 많은 애정을 느낄 수 있다. 이를 통해 독자들도 글에 더 쉽게 공감할 수 있게 된다. 하지만 수업 초기부터 자신을 드러내는 글은 쓰고 싶지 않다고 했으니 강요하고 싶은 마음은 없었다.

자신을 드러내지 못했던 내가 썼던 방법이 있다. 바로 내 이야기에 흥미로운 소재를 섞어서 어디까지가 내 이야기인지 모르게 하는 방법이다. 내가 쓴 「레귤러 가족」이라는 소설은 심부름꾼이라는 소재에 우리 가족 이야기를 적절히 버무린 작품이다. 글을 읽은 사람은 나에게 정말 심부름 알바를 해보았느냐고 묻기도 했다. 나는 심부름 일을 한 적도 없을뿐더러 그런 회사의 존재조차 알지 못한다.

학생과 같은 어려움을 극복하려면 우선 자신이 무엇에 관심이 있는지를 찾는 데 시간을 투자하는 것이 좋다. 자신의 이야기를 적절히 섞어서 드러내야 한다. 다른 작가들의 작품을 참고하다 보면 '나도 이런 식으로 내 얘기를 할 수 있겠는데?' 하는 영감을 얻을 수도 있다. 무엇보다 중요한 글쓰기 소재는 '자기 자신'이다.

어휘력을 늘리고 싶은데 어떤 방법이 있을까요?

교과서 같은 대답일지 모르겠지만 저는 책을 많이 읽는 게 어휘력을 늘릴 수 있는 최고의 방법이라고 생각합니다. 특히 요즘은 어휘력과 관련된 책이 많이 나와 있어서 참고하시면 큰 도움이 될 것입니다. 추천해 드릴 만한 책으로는 『우리말 어휘력 사전』, 『어른의 어휘력』, 『감정 어휘』가 있습니다.

『우리말 어휘력 사전』은 우리말 어원 풀이에 중점을 둔 책입니다. 우리가 알고 있는 단어들의 유래를 알려주며, '건달', '어깨', '양아치'처럼 비슷해 보이지만 조금씩 다른 단어들을 묶어서 차이를 설명해줍니다. 미묘한 어감 차이를 공부함으로써 가장 적확한 표현을 할 수 있게 될 것입니다.

『어른의 어휘력』은 어휘 공부의 본질적인 이유를 설명해주는 책입니다. 상대방의 감정에 공감하고 소통하는 것이 진정한 어른의 어휘력이라는 것입니다. 본문에 소개된 수많은 어휘와 어휘력을 키우는 저자만의 노하우는 우리의 어휘력을 한 단계 성장시켜줄 것입니다.

『감정 어휘』는 우리의 감정을 나노 단위로 나누어서 표현해보라고 합니다. 내 감정을 세세하게 쪼개서 이름을 붙여보는 거죠. 그렇게 내 감정을 표현함으로써 행복한 삶을 살 수 있다고 이야기합니다. 마음이 길을 잃은 것처럼 느껴진다면 이 책을 읽어보시기를 바랍니다.

그 밖에도 평소에 단어장을 가지고 다니는 것을 추천합니다. 특별한 순간에 와 닿았던 단어를 적는 것이죠. 다른 사람이 쓰는 어휘에 관심을 기울이시는 것도 좋은 방법입니다. 여러분의 어휘가 늘어날수록 세상을 바라보는 시야도 넓어질 것입니다.

글쓰기 원데이 클래스

Part 2

01

글쓰기 전에

알아야 할 것들

절대 고독 | 혼자 가는 길은 실은 함께 가는 길이다

글쓰기는 미지의 영역입니다. 글을 쓰면 앞으로 내게 어떠한 일이 일어날지 모르기 때문입니다. 우울증을 앓던 학생은 우울증이 치료됐고, 한 편의 글을 써서 사회에 엄청난 파장을 일으킨 사람도 있습니다. 여러분이 잘 아시는『해리 포터』의 작가 조앤 K. 롤링 역시 글을 써서 인생이 드라마틱하게 변한 분입니다.

제 이야기를 잠깐 하자면, 저는『취미로 글쓰기』라는 전자책 에세이를 내고 난 뒤 5번이나 작가와의 만남 행사를 했습니다. 저는 20대 때『무소의 뿔처럼 혼자서 가라』라는 소설책을 참 좋아했는데요. '작가의 말'에 작가가 이런 말을 썼어요. "혼자 가는 길은 실은 함께 가는 길이다." 저는 글을 쓴다고 친구들도 안 만나고 연애도 못하고 고독하게 글을 썼습니다. 그런데 작가와의 만남 행사를 하면서 정말 많은 독자들을 만나게 됐습니다. 작가가 되겠다고 혼자서 길을 떠났는데 이렇게 많은 분들과 함께 가는 길이 될 줄 몰랐습니다.

글을 쓰기 위한 도구

　많은 작가들이 글을 쓰기 전 자신만의 의식을 치릅니다. 어떤 작가는 항상 커피를 마셔야 하고, 어떤 작가는 연필을 깎아야 합니다. 저는 아침마다 카페에 가서 '아샷추'(아이스티에 에스프레소 샷 추가) 한 잔을 마시고 작업을 시작하는데요. 혹시 여러분들도 자신만의 글쓰기 의식이 있으신가요?

　만약 없다면 글을 쓰기 위한 도구부터 준비해보시는게 어떨까 싶습니다. 각자에게 필요한 맞는 도구가 있을 겁니다. 저는 크게 세 가지가 필요한데요. 노트북, 한글 프로그램, 그리고 이어폰입니다. 노트북과 한글 프로그램은 이해가 되는데 이어폰이 조금 특이하죠? 저는 음악을 들으면서 글을 쓰는 걸 좋아합니다. 음악을 들으면 연상작용이 돼서 다음 내용이 떠오르고, 신나는 음악을 들을 땐 아드레날린이라는 흥분 호르몬이 분비돼서 엄청난 에너지가 생깁니다. 이렇게 저는 세 가지를 적어보았는데요. 어떤 분은 이어폰 대신 안경이나 연필, 펜을 들 수도 있겠죠. 자신만의 글쓰기 도구를 가져보면 좋을 것 같습니다.

메모의 중요성

글 쓰는 사람에게는 메모하는 습관이 중요합니다. 일상 속에서 눈에 띄지 않는 작은 순간들이 소중한 소재가 될 수 있습니다.

카카오톡 '나와의 채팅' 기능은 학생들이 가장 많이 사용하는 방법 중 하나입니다. 즉각적이고 편리해, 학생들이 자신의 생각이나 감정을 빠르게 메모하고 기록할 수 있게 해줍니다.

그 밖에 다른 앱을 활용하는 것도 좋습니다. 에버노트(Evernote)는 다양한 형식의 메모를 작성하고 정리할 수 있게 합니다. 텍스트, 음성, 이미지 등을 체계적으로 관리할 수 있습니다. 원노트(OneNote)는 마이크로소프트에서 제공하는 앱입니다. 윈도우, 맥, 안드로이드, iOS 등 다양한 환경에서 사용할 수 있죠. 구글킵(Google Keep)은 구글이 제공하는 간단한 메모 앱입니다. 빠른 메모, 체크 리스트, 그림 그리기가 가능한 장점이 있죠. 노션(Notion)은 메모뿐만 아니라 문서 작성 및 프로젝트 관리에 용이해 최근 인기가 많아진 앱입니다.

자기만의 방

버지니아 울프는 『자기만의 방』에서 "소설을 쓰려면 돈과 자기만의 방이 있어야 한다"고 말합니다. 작가에게 집필실이 얼마나 중요한지를 알려주는 문장이죠. 본격적으로 글을 쓰겠다고 하면 마땅한 장소가 필요합니다.

저는 주로 카페에서 글을 씁니다. 커피 한 잔을 시켜놓고 글을 쓰는 제 모습을 보고 진짜 작가 같다고 하는 분도 계십니다. 카페는 작업실이자 창작의 장소입니다. 작은 테이블이 저만의 창조적인 우주가 돼줍니다. 한 잔의 커피는 아이디어에 시너지를 불러일으킵니다. 주변의 대화 소리, 커피 향기, 그리고 카페 내부의 소품들이 저를 다른 차원으로 끌고 갑니다. 제 안에 숨어있던 이야기들이 카페의 자유로운 분위기에서 새롭게 피어나기도 합니다. 카페에서 쓰는 글은 언제나 특별합니다.

『오리엔트 특급 살인』, 『ABC 살인사건』 등으로 유명한 탐정소설 작가 애거서 크리스티 역시 자신만의 집필실을 중요시했는데요. 크리스티는 꼭 한정된 장소뿐만 아니라 어디서든 다음 책을 쓸 계획을 하고 있었어요. 특히 욕조에 몸을 담궜을 때 좋은 생각이 잘 떠오른다고 했어요. 아마 긴장이 풀리고 다른 이의 방해를 받지 않았기 때문일 겁니다.

반면, 집필실을 중요하게 여기지 않았던 작가도 있습니다. 바로 『오릭스와 크레이크』와 『증언들』을 쓴 마거릿 애트우드입니다. 그녀는 비행기에서 쓰는 걸 좋아합니다. 다른 바쁜 작가들도 택시나 기차 안에서 이동하면서 글을 쓰기도 합니다. 이렇게 어디서든 글을 쓰는 마거릿 애트우드는 아마도 떠오르는 생각을 언제든 용기 있게 적어 내려가는 훈련이 돼 있기 때문이 아닐까요. 자, 그럼 동기부여를 해드렸으니 본격적으로 글쓰기를 시작해볼까요?

초고

초고라는 단어를 들어보셨나요? 초고는 아직 다듬어지지 않은 초벌 상태의 원고를 말합니다. 초고의 초는 '풀 초(草)' 자를 씁니다. 들판에 난 잡풀처럼 듬성듬성

쓰라는 말입니다. 처음부터 완벽한 글을 쓰려고 해서는 안 됩니다. 어떤 위대한 작가도 처음부터 완벽한 글을 쓸 수는 없습니다. 내용을 표현하는 데 우선 집중 하면 됩니다. 초고는 똥이 마려워 화장실에 가고 싶은 것처 럼 되도록 빠르게 쓰는 게 좋습니다. 이렇게 빠르게 쓰 면 순간적인 집중력으로 좋은 글이 나올 확률이 높습니 다. 글의 흐름이 끊기지 않고 자연스럽게 이어지는 걸 느낄 수 있을 거예요. 내용이 경로를 이탈하지 않습니 다. 글이 몰입도 있게 느껴지기도 할 거예요. 결국 글을 빨리 쓰는 것은 아이디어의 흐름을 잡아두는 데 도움이 되는 거죠!

"모든 초고는 걸레다."

어니스트 헤밍웨이가 한 유명한 말입니다. 우리에겐 수정할 기회가 있습니다. 한 번에 완벽한 문장을 쓰려 고 하지 맙시다. 맞춤법과 띄어쓰기가 중요한 게 아닙 니다. 중요한 건 내용입니다.

"거의 모든 명문들도 거의 다 형편없는 초고에서

출발한다."

앤 라모트는『글쓰기 수업』에서 이렇게 말합니다. 뭐라도 써보는 게 중요하다는 뜻이죠. 시작이 반입니다. 완벽한 것을 바로 이뤄내려 하기보다는, 먼저 어설픈 시도에서 출발해 보는 것이 가치 있다는 말이기도 합니다. 글쓰기는 마치 여행과 같아서 시작이 반일 뿐만 아니라 그 과정 자체도 중요합니다. 그러니 두려워 말고 초고부터 시작해보는 게 어떨까요.

 글을 처음 쓰는 초보자인데 소설과 에세이 중 어떤 게 저에게 맞을까요?

글쓰기 수업을 하면 이런 고민을 말하는 학생들이 많습니다. 저는 이런 분들에게 소설보다는 에세이를 먼저 써보기를 권합니다. 둘 중 어떤 게 더 나은지는 사과 쪼개듯 정확히 나눌 수 있는 건 아닙니다. 제가 에세이를 추천하는 이유는 처음 글을 쓰시는 분이 소설을 쓴다면 분량과 이야기를 지어내는 데 부담감이 있을 수 있기 때문입니다. 소설은 이야기를 잘 풀어나가는 능력이 필요하고, 캐릭터를 만들고 세계를 구축하는 등의 복잡한 작업이 수반됩니다. 처음부터 이러한 작업에 도전하면 쓰는 부담이 커질 수밖에 없습니다.

글쓰기의 시작은 길고 복잡한 이야기를 풀어가는 것이 아니라, 간단하게 자신의 생각과 경험을 표현하는 것에서 출발합니다. 이런 측면에서 처음 글을 쓰는 사람들에게 소설보다는 에세이를 추천합니다

에세이는 자신의 생각과 감정을 솔직하게 표현하는 장르입니다. 복잡한 플롯이나 다양한 캐릭터를 만들 필요 없이 자신의 경험, 생각, 느낌에 중점을 두면 됩니다. 에세이는 간단하면서도 강력한 표현이 가능하므로 초보자들이 자기 표현을 하는 데 도움이 됩니다. 에세이는 일상적인 경험에서 영감을 받아 글을 쓸 수 있기 때문에 쓰고자 하는 주제를 찾기가 더 쉬울 수 있습니다. 자신의 경험에서 시작하면 무엇을 쓸지 고민하는 시간을 단축할 수 있어요. 에세이는 쓰기의 기초를 다지기에 이상적입니다.

 제가 가져온 소재를 풀기에 소설과 에세이 중 어떤 게 적합할까요?

소재에 따라서 어떤 형식이 더 적합한지를 결정하는 것은 중요합니다. 소설을 쓰기 위해 가져온 소재가 때로는 에세이에 맞을 수도 있고, 에세이를 쓰기 위해 가져온 소재가 소설에 적합할 수도 있는 일이니까요.

만약 여러분이 가져온 소재가 주로 감정, 경험, 또는 개인적인 생각과 관련돼 있다면 에세이가 더 적합해요. 에세이는 주로 개인적인 관점이나 경험을 바탕으로 이야기를 전달하는 데 중점을 둡니다.

소재의 성격과 전하고자 하는 메시지에 따라 선택이 달라질 수도 있습니다. 강렬하고 감동적인 이야기를 풀어내고자 한다면 소설이 적합할 수 있고, 자신의 경험을 독자들과 나누고 싶다면 에세이가 좋은 선택일 수 있습니다.

반면 가져온 소재가 복잡한 플롯이나 다양한 캐릭터의 상호작용을 필요로 한다면 소설이 더 적합할 수 있습니다. 소설은 이야기를 풀어나가는 것이 중요합니다. 스토리텔링을 통해 다양한 캐릭터와 상황을 다룰 수 있습니다.

여러 개의 캐릭터가 등장하고, 그들 간의 상호작용과 관계가 중요한 역할을 하는 경우에도 소설이 효과적일 수 있습니다. 이러한 상황에서는 각 캐릭터의 시점에서 이야기를 전개하거나 다양한 시간과 장소에서의 사건을 효과적으로 조합해 전체 이야기를 완성할 수 있습니다.

강렬한 이야기를 풀어내고자 할 때도 소설이 적합합니다. 캐릭터의 성장, 갈등의 해결, 혹은 예상치 못한 전개 등을 다루면서 독자에게 깊은 감동을 전달할 수 있습니다.

02

소설 쓰기

BASIC CLASS

소설이란?

소설은 상상력이나 현실을 기반으로 펼쳐지는 허구적인 이야기입니다. 소설은 등장인물의 행동을 통해 인간이나 사회의 본질을 드러냅니다. 소설을 통해 독자들은 직접 경험해보지 못한 세계를 간접 경험해볼 수 있습니다.

소설은 분량에 따라 장편, 중편, 단편, 엽편으로 나뉩니다. 보통 장편은 200자 원고지 500매 이상, 중편은 200자 원고지 250매에서 700매 사이, 단편은 200자 원고지 70~80매, 엽편은 200자 원고지 20매 정도의 분량입니다.

소설을 처음 써보는 분이라면 장편소설보다는 단편소설을 먼저 써보는 걸 추천해 드립니다. 장편소설은 긴 호흡이 필요한 데 비해 단편소설은 하룻밤 안에 초고를 완성시키는 작가들이 있을 정도로 짧은 시간 안에 써낼 수 있습니다.

단편소설은 의외의 결말이나 반전을 가지고 있어 독자를 놀라게 하기도 합니다. 짧은 분량 안에서 다양한 이야기를 전개할 수 있죠. 작가들은 문예지에 게재된 단편소설이 모이면 단편집으로 출간합니다. 보통 7편 정도를 모아 작품집을 냅니다.

저는 어떤 소설을 읽을 때 작품의 메시지가 제 일상과 꽤 밀접하게 닿아 있다는 느낌을 받곤 했습니다. 이러한 기분은 삶에 의미를 가져다주었죠. 이게 바로 제가 소설을 좋아하는 이유입니다. 소설 속 이야기가 현재의 일상과 어떻게 겹치는지 찾을 수 있다는 점이 재밌습니다. 소설은 현실에서 경험하는 다양한 주제들로 독자에게 공감을 주고 생각할 거리를 제공합니다.

캐릭터들의 갈등, 성장, 선택과 같은 상황들은 독자가 삶에서도 겪을 수 있는 상황과 유사한 면이 있어요. 소설은 그런 상황들을 다양한 각도에서 탐구합니다. 독자로 하여금 자신의 삶에 대한 고찰을 하게 만듭니다. 캐릭터들이 만난 어려움이나 선택의 순간들을 통해 독자는 자신의 가치관이나 인생의 방향에 대해 생각하게 되죠.

소설의 주제 정하기

소설의 주제는 한마디로 전달하고자 하는 작가의 사상이라고 보면 됩니다. 제 작품 「레귤러 가족」을 예로 들어보면, 저는 항상 어릴 때부터 저희집이 이상하고 정상이 아니라고 생각했어요. 아버지 대신 어머니가 가장 역할을 했기 때문이죠. 가족은 모두에게 인생의 첫 번째 굴레잖아요? 그러다가 '과연 정상적인 가족이란 존재할까?'라는 생각이 들었어요. 그래서 나온 작품의 제목이 「레귤러 가족」입니다. 카페에서 "레귤러 사이즈 주세요"라고 하면 기본 사이즈를 달라고 하는 거잖아요? 그런데 레귤러 사이즈가 카페마다 다르단 말이죠. 그래서 제가 생각한 보통의 가족을 그린 겁니다. 내용을 자세히 읽어보면 비극적으로 끝납니다. 보통의 가족이 아니죠. 역설적 제목입니다. 이렇게 저는 제 사상을 전달했어요. 이게 곧 소설의 주제가 되는 거죠.

소설의 주제를 정하는 방법은 작가마다 다르지만, 몇 가지가 있어요. 우선 저처럼 자신의 개인적인 경험이나 감정에서 주제를 찾는 것이에요. 자신의 감정을 기반으로 이야기를 만들면 독자에게 더 강한 공감을 일으킬 수 있습니다.

또 자신이 관심을 가지고 있는 분야나 전문성을 활용하여 주제를 선택하는 것도 좋은 방법입니다. 예를 들어 과학, 역사, 예술 등 자신이 잘 아는 분야를 이용해 소설의 배경이나 플롯을 만들 수 있어요.

현대 사회에서 중요하게 다뤄지고 있는 사회 문제나 테마를 주제로 삼을 수도 있어요. 이를 통해 독자에게 메시지를 전하거나 사회적인 문제에 대한 인식을 높일 수 있습니다.

소설의 장르별 특징

소설은 장르별로 독특한 특징과 스타일을 가지고 있습니다. 각 장르의 특징을 대략적으로나마 알고 있으면 어떤 글을 써야 할지 좀 더 쉽게 알 수 있어요. 여러 장르 가운데 학생들에게 가장 인기가 많았던 몇 가지를 살펴볼게요.

로맨스 소설

로맨스 소설은 주로 여성 독자를 대상으로 합니다. 여성 독자들이 공감할 수 있는 상황과 감정을 담아냅니다. 로맨스 소설의 가장 중요한 특징 중 하나는 해피 엔딩입니다. 주인공들은 어떠한 어려움이 있더라도 결국 행복한 결말을 맞이하게 됩니다. 그 이유는 주요 독자가 여성이기 때문입니다. 여성 독자들에게 이상적인 사랑과 로맨틱한 상황을 제시함으로써 현실에서 느끼기 어려운 감정을 경험하는 기회를 제공합니다. 일시적으로나마 일상에서 벗어나 행복하고 로맨틱한 세계로 초대합니다.

추천해 드릴 만한 로맨스 소설로는 순애보적인 사랑을 그린 『해를 품은 달』, 성균관에 남장을 하고 들어간 이야기인 『성균관 유생들의 나날』, 드라마와 뮤지컬로도 제작된 『달콤한 나의 도시』가 있습니다.

SF 소설

SF 소설은 '사이언스 픽션'(Science Fiction)의 약자로 과학 소설을 일컫는 말입니다. 현실의 과학적 지식을 기반으로 미래의 기술, 우주 탐험, 생명체 연구 등 다양한 주제를 다룹니다. 미래에 대한 상상력을 기반으로 독자에게 새로운 시각을 제시합니다.

또 SF 소설은 현대 사회의 문제를 다루고, 기술이나 과학 발전이 사회에 어떤 영향을 미칠지에 대한 비판적 시각을 제공하기도 합니다. 인간과 기계의 상호 작용, 윤리적 고민, 인공 지능의 발전 등을 다양한 각도에서 이야기합니다.

SF 소설의 하위 장르로는 사이버 펑크, 시간 여행, 포스트 아포칼립스, AI 소설 등이 있습니다. 사이버 펑크는 사이버네틱스와 펑크의 합성어로, 기계화된 세상과 암울한 분위기를 그려내고 있습니다. 먼 미래보다는 가까운 미래를 다루며, 어두운 미래가 곧 머지 않았다는 암시를 통해 경각심을 줍니다. 대표적인 작품으로는 제임스 팁트리 주니어 작가의 단편 「접속된 소녀」가 있습니다.

시간여행에서 타임머신은 매우 중요한 요소로 등장합니다. 이 장치는 캐릭터들이 과거나 미래로 이동할 수 있게 해줍니다. 작가들은 과거를 바꿀 경우 미래에 어떤 영향을 미칠지, 혹은 시간 여행자가 만난 사람들의 운명에 어떤 변화가 일어날지에 대해 일정한 규칙을

부여합니다. 대표적인 작품으로는 김초엽 작가의 단편 「우리가 빛의 속도로 갈 수 없다면」이 있습니다.

포스트 아포칼립스란 대재앙이 일어난 후의 세계를 묘사하는 장르입니다. 대규모 재난, 전쟁, 바이러스 유행 등으로 인해 인류 문명이 붕괴된 후의 상황을 다룹니다. 대재앙이 오면 자원이 부족해지고 기술, 정치, 경제 등 모든 측면에서 큰 변화가 일어납니다. 생존에 필수적인 물과 식량, 에너지 등을 얻기 위한 경쟁이 주로 묘사됩니다. 대표적인 작품으로는 주제 사라마구의 『눈먼 자들의 도시』가 있습니다.

AI 소설은 인공 지능이 어떻게 인간과 상호작용하며 공존할지에 대한 이야기가 주요 테마가 됩니다. 자율 주행 차량, 스마트 시티 등과 같은 기술이 어떻게 사회를 변화시키는지를 보여주며 인공 지능이 반란을 일으키거나 인간을 통제하는 스토리도 나타납니다. 주로 기술 발전이 어떻게 사회에 부정적인 영향을 미칠 수 있는지에 대한 경고를 담고 있습니다.

추천해 드릴 작품으로는 SF의 고전으로 불리는 아이작 아시모프의 『아이, 로봇』이 있습니다. 아시모프는 로봇 이야기로 유명한 작가입니다. 그의 작품에서는 로봇과 인간의 상호 작용, 도덕적 고민, 로봇의 책임 등을 다룹니다. 아시모프는 인공 지능과 로보틱스 분야에 대한 선구적인 아이디어를 제공했습니다. 로봇의 발전이 인간과 사회에 미치는 영향을 풍부한 상상력으로 그려냈습니다. 로봇이 인간의 일상과 윤리적인 고민에 어떻게 영향을 미치는지를 다룹니다.

미스터리 소설

사람들이 미스터리 소설을 좋아하는 이유는 무엇일까요? 저마다 이유가 있겠지만 저는 재미있어서 좋아합니다. 미스터리 소설은 예측 불가능한 플롯과 의외의 전개, 수수께끼와 비밀로 독자를 이야기에 끌어들입니다. 이러한 상황은 지루함을 떨쳐버리고 흥미진진함을 선사합니다. 그래서 재미는 미스터리 소설을 즐기는 독자들에게 가장 큰 동기 중 하나가 되죠.

많은 학생들이 내가 과연 미스터리 장르를 잘 쓸 수 있을까 고민합니다. 제가 등단했던 작품도 미스터리 스릴러 장르인데 그 글을 쓸 당시 저는 미스터리 소설을 많이 읽어보지 않은 상태였어요. 그런데도 불구하고 쓸 수 있었던 이유는 미스터리에서 중요한 건 긴장감 넘치는 분위기 조성이라는 사실을 알고 있었기 때문이죠.
제가 미스터리 장르를 쓰기 위해 했던 일은 의미심장한
느낌이 물씬 풍기는 노래를 들었던 것인데요. 영화 〈해
리포터〉 시리즈의 ost인 〈헤드위그 테마 곡〉을 들으며
다른 세상 속으로 저를 보내면서 시작했어요. 그리고
흥미진진한 전개가 나오는 부분에서는 영화 〈캐리비안
의 해적〉의 메인 테마 곡을 들으며 감정을 이입시키려
했습니다. 「반 다인의 추리소설 20법칙」을 참고하셔도
좋을 것 같습니다.

1. 수수께끼를 해결할 때 독자와 탐정은 동등한
기회가 주어져야 한다.
2. 범인이 탐정에 대해 행하는 속임수를 독자에게
도 하면 안 된다.
3. 이야기를 풀 때 연애를 전제로 한 에피소드를
넣으면 안 된다.
4. 탐정 자신이 범인이면 안 된다.
5. 범인은 논리적 추리를 통해 발견돼야 한다.
6. 탐정이 반드시 등장해야 한다.
7. 추리소설에는 반드시 시체가 등장해야 한다.

8. 범인의 의혹은 점성술로 풀어서는 안 된다. 범죄는 엄격한 자연법칙으로 풀어야 한다.

9. 탐정은 한 사람으로 해야 한다.

10. 범인은 평범한 사람이 아닌 이야기에서 중요한 역할을 하는 사람이어야 한다.

11. 아무리 많은 살인이 벌어져도 모든 책임은 범인 한 사람이 져야 한다.

12. 비밀결사, 마피아를 등장시켜선 안 된다.

13. 사건의 진상은 명백해야 한다.

14. 과다한 문학적 표현은 차라리 다른 장르에서 어울린다.

15. 직업적인 범죄자가 범인이 돼서는 안 된다.

16. 자살로 끝내선 안 된다.

17. 범죄 동기는 어디까지나 개인적이어야 한다.

18. 살인 방법과 이에 대한 수사방법은 합리적이고 과학적이어야 한다.

19. 작가는 심부름이나 하는 하인을 범인으로 해서는 안 된다.

20. 지문 위조, 경찰이 들어간 다음 일어나는 밀실 살인은 자존심 없는 작가가 쓰는 수법들이다.

소설의 첫 문장

소설의 첫 문장은 단문일수록 읽기 쉽습니다. 직관적으로 이해될 수 있죠. 짧은 문장은 독자들이 빠르게 글에 진입할 수 있도록 도와줍니다. 긴 문장은 복잡하고 어렵게 느껴져 독자들이 도입부에서부터 흥미를 잃을 수 있습니다. 따라서 첫문장은 가능한 한 간결하고 직설적으로 써야 합니다.

또 인물, 사건, 장소 가운데 하나가 포함돼 있는 게 좋습니다. 그래야 그림처럼 그려지기 때문이죠. 그런 글이 좋은 글입니다. 독자의 상상력을 자극하고 이야기에 몰입하게 만들죠. 글은 단어와 문장을 통해 독자에게 시각적 이미지를 전달하는 매개체인데, 그림처럼 세밀한 묘사는 글을 더 생생하게 만듭니다. 다음은 도입부에 인물, 사건, 장소를 모두 활용한 사례입니다.

4월의 어느 맑은 날, 시계가 13시를 가리켰다. 윈스턴 스미스는 불쾌한 바람을 피하려고 턱을 가슴팍에 꼭 붙인 채 빅토리 맨션의 유리문 안으로 재빨리 미끄러져 들어갔다. 하지만 아무리 서둘러도

뒤따라오는 모래바람 소용돌이가 안으로 들어오
지 않게 막을 수는 없었다.

　　　　　　　　　　　　　　- 조지 오웰,『1984』중에서

첫 문장은 힘을 빼서 써도 되고 그냥 막 써도 됩니다.
유연성이 필요하죠. 그래서 어떤 작가는 이런 말을 했
습니다. "첫 문장에 연연하지 말라." 너무 연연하면 앞
으로 한 발짝도 나아갈 수가 없기 때문입니다.

　김영하 작가는 소설의 마지막 부분에 가면 소설가의
자율성이 0에 수렴한다고 말했습니다. 첫 문장을 쓰고
나면 그 문장에 지배될 수밖에 없다는 것이죠. 그러니
첫 문장을 아무렇게나 써도 괜찮습니다. 일단 쓰고 나
면 다음 문장이 거미줄처럼 쭉쭉 뻗어나가는 마법을 경
험하게 될 테니까요.

소설의 유명한 첫 문장

　* 행복한 가정은 모두 고만고만하지만 무릇 불행
　한 가정은 나름나름으로 불행하다.

　　　　　　　　　　　　　　- 톨스토이,『안나 카레리나』

* 버려진 섬마다 꽃이 피었다.

– 김훈, 『칼의 노래』

* 어느 날 아침 그레고르 잠자가 불안한 꿈에서 깨어났을 때, 그는 자신이 침대 속에 한 마리의 커다란 해충으로 변해 있는 것을 발견했다.

– 프란츠 카프카, 『변신』

* 박제가 되어버린 천재를 아시오?

– 이상, 『날개』

* 이 몸은 고양이로다. 이름은 아직 없다.

– 나쓰메 소세키, 『나는 고양이로소이다』

* 부끄럼 많은 생애를 보냈습니다.

– 다자이 오사무, 『인간 실격』

소설의 구성

구성이란 소설의 전체 구조와 흐름을 짜는 것을 말합니다. 시작부터 끝까지 독자를 흥미롭게 이끄는 핵심적인 틀을 구축하는 것을 의미합니다. 잘 구성된 소설은 독자들에게 더욱 강렬한 인상을 남기고, 이야기에 몰입하게 만들어줍니다. 소설에서 구성이 중요한 이유죠.

구성을 3단계로 나누면 크게 도입부, 중간부, 결말부가 됩니다. 소설의 도입부는 이야기의 배경과 주요 등장인물을 독자에게 소개하고, 문제 또는 갈등을 제시하여 흥미를 돋우는 역할을 합니다.

제가 생각하는 소설의 목표는 주인공이 최악의 사건이나 상황을 최선으로 바꾸기 위해 부단한 노력을 기울이는 과정을 그려내는 것입니다. 그러므로 도입부는 극적이어야 합니다. 또 이것이 작품의 주된 내용이 되기에 도입부에서는 주인공이 어떤 목표를 가지고 어떤 사건을 해결해야 하는지가 미리 나와야 합니다. 그래야 독자들은 주인공의 이야기에 흥미를 느낄 수 있고, 이후 전개를 예상할 수 있습니다. 아래 글은 극적인 사건으로 시작한 소설의 예시입니다.

> 진호는 눈을 떴다. 하얀 천장이 보였다. 오로지 차가운 산소호흡기 소리만 들렸다. 몸을 일으켜보려 했지만 움직여지지 않았다. 아무리 힘을 주어도 발가락은 꿈쩍도 하지 않았다. 그제서야 진호는 상반신과 하반신이 마비됐다는 걸 알게 됐다. 눈을 깜빡일 수만 있었다. 마치 어디엔가 갇혀 있는 기분이었다. 가까스로 정신을 차려보니 침대 너머로 TV뉴스 소리가 들려왔다.
>
> — 학생작, 「제페토」 중에서

이 소설은 사지 마비 환자 진호가 뇌에 전극을 심고 메타버스 속으로 들어가 릴리라는 여자와 사랑에 빠진다는 내용입니다. 자신의 상태를 깨닫는 장면으로 시작하며 좋지 않은 상황을 극적으로 나타냈습니다. 이러한 도입부는 독자의 주의를 사로잡고 이야기 전개에 필요한 정보를 제공해 진행 방향을 결정합니다.

도입부에서는 플래시백을 피하는 게 좋습니다. 플래시백은 과거 이야기를 가져와 현재 이야기를 중단시키는 효과가 있기 때문입니다. 첫 몇 페이지는 독자를 빠져들도록 하는 부분이기 때문에 그 과정에서 불필요한 혼란을 초래하지 않는 것이 좋습니다.

또 독자들이 현재 이야기의 흐름을 따라가면서 새로운 상황, 캐릭터 그리고 갈등에 집중하게 해야 합니다. 갑작스러운 플래시백은 독자의 집중력을 분산시키고, 이야기의 타임라인을 끊게 해 독자들이 이해하는 데 어려움을 줄 수 있습니다.

중간부는 복잡하고 혼란스러운 상황이 벌어지는 부분입니다. 주인공이 문제를 해결하는 과정에서 여러 시행착오와 갈등이 발생합니다. 긴장감이 높아져서 이야기 전개를 가속시키게 됩니다.

결론부는 이야기의 중심에 있는 갈등이 해결되는 부분입니다. 여기서 주인공은 어려움을 극복하고 목표를 달성하기 위한 해결책을 찾게 됩니다. 결말은 예상치 못한 반전이나 감동적인 해결책이 나올 수도 있습니다. 결론부는 이야기를 마무리하는 동시에 새로운 교훈이나 감동을 주는 역할을 해야 합니다.

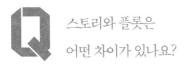

스토리와 플롯은
어떤 차이가 있나요?

플롯과 스토리는 작품의 구성과 내용을 설명하는 데 사용되는 두 가지 중요한 개념입니다. 플롯(Plot)은 한마디로 작품의 사건과 이야기들을 인과관계에 따라 다시 구성한 것입니다. 작품의 주요 사건들이 어떻게 서로 연결되고 전개되는지를 나타내는 구조죠. 플롯은 각 사건들이 시간 순서대로 나열된 스토리에 비해 인과관계와 전개의 흐름을 강조합니다.

스토리(Story)는 한마디로 작품의 내용을 시간 순서대로 쓴 것입니다. H. 포터 애벗은 『서사학 강의』에서 이를 '사건 혹은 사건의 연속'이라고 정의한 바 있죠. 스토리는 작품에서 일어난 사건들이 어떻게 전개되고 해결되는지를 단순하게 나열한 것으로, 각 사건들 사이의 인과관계나 구조는 강조하지 않습니다.

대부분은 플롯을 먼저 정하고 씁니다. 하지만 처음엔 시놉시스 정도만 쓰고 막 써내려가도 됩니다. 플롯은 우리 인생과 같아서 뜻대로 되는 게 아니기 때문입니다. 실제로 많은 작가들이 글을 쓰면서 플롯이 바뀌는 경험을 하곤 합니다. 그래서 글쓰기는 곧 인생 공부입니다. 우리의 인생과 비슷한 면이 많기 때문입니다.

소설의 시점

글을 쓰기 위해 먼저 설정하는 것들 중 하나가 시점입니다. 모든 시점에는 장단점이 있습니다. 시점은 사건을 어떻게 바라보는지에 따른 시각의 차이를 의미합니다. 이는 독자들에게 전달하는 메시지에 영향을 미칩니다. 작가는 화자의 시각을 통해 사건을 강조하고, 특정한 감정을 전달하거나 작품의 분위기를 형성할 수 있습니다.

시점은 화자가 어떤 위치에서 사건을 보느냐 하는 관점의 선택을 의미합니다. 이는 사건의 전체적인 흐름과 묘사 방식에 영향을 줍니다. 독자들이 작품에 몰입하는 데 도움을 줍니다.

시점은 어떤 인물에 초점을 맞추느냐 선택하는 것입니다. 작품의 주요 인물과 이야기를 강조하는 데 관여합니다. 작가는 특정 인물들의 시선을 통해 이야기를 전개하고, 작품을 구성합니다.

시점은 작중 인물의 내면에 얼마나 깊이 파고드는지를 의미합니다. 작가는 화자의 관점을 통해 인물들의 감정과 내면 세계를 다양한 방식으로 표현합니다. 독자들과 감정적인 연결을 형성하고, 이야기의 깊이를 강조할 수 있습니다.

1인칭 시점

초보 작가는 1인칭으로 쓰는 경우가 많습니다. 처음 쓰는 소설은 자전적인 이야기인 경우가 많기 때문입니다. 일상생활 속에서 우리가 늘 1인칭으로 "나는", "내가"라고 하며 대화를 나누기 때문에 1인칭의 문법적 형태가 익숙한 것이죠.

1인칭 주인공 시점

이야기를 주인공 자신이 직접 경험하고 보고 있는 시각에서 전달하는 형식입니다. 그래서 이 시점의 글을 읽으면 좀 더 현실적이고 생생한 느낌이 듭니다. 등장인물의 내면세계를 제시하는 데 가장 적합하죠. 하지만 나를 벗어나는 이야기는 할 수 없어서 감정표현이 제한

적입니다. 주인공 자신이 스스로 멋지다느니 어떻다느니 하는 묘사는 할 수 없습니다. 독백 형식으로 진행돼 지루하게 느껴질 수도 있습니다. 대표적인 작품으로 김 유정의 「동백꽃」이 있습니다.

1인칭 전지적 시점

1인칭 화자가 신적인 위치에 서는 겁니다. 이때 화자는 자신의 시각으로만 이야기를 전달하는 것이 아니라, 다른 인물의 마음속을 들여다보거나 자기가 없는 곳에서 일어난 일에 대해서도 알 수 있습니다. '소설 속의 소설' 구조인 액자소설에서 처음 쓰였습니다. 대표적인 액자소설로는 김만중의 『구운몽』과 김동인의 「배따라기」가 있습니다.

2인칭 시점

'너' 혹은 '당신'이라는 호칭이 나오는 것으로, 소설에서 자주 사용되는 시점은 아닙니다. 하지만 잘 사용하면 큰 효과를 볼 수 있죠. 신경숙 작가는 소설 『엄마를 부탁해』에서 "너의 가족들은 서로에게 엄마를 잃어버린 책임을 물으며 스스로들 상처를 입었다"와 같은 표현을 사용하며 독자의 마음을 끌어들인 바 있습니다. 탄탄한 문장과 감정 표현에 힘입어 베스트셀러에 오른 이 소설은 여전히 많은 사랑을 받고 있죠.

3인칭 전지적 시점

화자가 모든 것을 알고 있는 경우입니다. 인물들의 내면과 감정, 숨은 비밀까지 모든 것을 자세히 서술할 수 있는 장점이 있습니다. 서술상 제한이 없습니다. 단점은 작가가 너무 개입해 독자의 상상력을 방해할 수도 있다는 점입니다. 이 시점을 사용할 때는 과다하게 구사하지 않도록 적절한 거리를 유지해야 합니다. 대표적인 작품으로 황순원의 「별」이 있습니다.

3인칭 관찰자 시점

가장 많이 쓰는 시점입니다. 영화나 드라마를 보는 것처럼 생생하고 극적인 모습을 전달할 수 있기에 자신의 작품이 시나리오가 되기를 꿈꾸고 있다면 가장 적합한 시점입니다. 하지만 주인공과 독자들 간의 감정적인 연결이 상대적으로 적어 때로는 단조롭고 평면적으로 느껴질 수도 있습니다. 주인공의 내면에 깊게 파고들지

02 소설 쓰기

못하고, 감정과 갈등이 간접적으로 전달되기 때문에 독자들과의 공감을 덜 유발할 수 있습니다. 또한 3인칭 관찰자 시점에서는 주인공의 주관적인 생각과 감정이 직접적으로 드러나지 않으므로 캐릭터를 깊이 있게 탐구하기 어려울 수도 있습니다.

따라서 작가가 3인칭 관찰자 시점을 사용할 때에는 주인공과 주변 인물들의 동기와 감정을 다양한 방법으로 표현하여 이야기를 풍부하게 만들어야 합니다. 묘사와 대사 등을 통해 인물들의 성격과 행동을 더욱 섬세하게 묘사해야 합니다.

03

에세이 쓰기

BASIC CLASS

에세이란?

에세이는 프랑스의 사상가 몽테뉴의 『수상록』(Essais)에서 비롯된 말로, 일정한 형식의 구애를 받지 않고 자신의 생각과 경험을 자유롭게 표현하는 글입니다. 어떤 소재든 형식이든 에세이가 될 수 있다는 말이죠. 예를 들어, 딸에게 쓴 편지 형식도 하나의 에세이가 될 수 있고(김재용, 『엄마의 주례사』), 누군가 봐줬으면 해서 쓴 공개 일기도 하나의 에세이가 될 수 있습니다.(이석원, 『보통의 존재』)

일반적으로 칼럼이나 중수필처럼 체계적이고 논리적인 글보다는 일상을 기반으로 한 가볍고 쉬운 느낌의 글을 가리키는 경우가 많습니다.

솔직함과 일상

여러분은 평소에 주변 사람들에게 솔직하다는 말을 들으시나요? 솔직함은 에세이 최고의 매력이자 가장 큰 어려움입니다. 에세이를 읽는 사람이 에세이를 좋아하는 이유는 작가의 날것을 그대로 볼 수 있다는 점 때문일 겁니다. 그만큼 에세이는 솔직하게 쓰는 게 중요합니다.

솔직한 글을 읽고 싶다면 이석원의 『보통의 존재』를 읽어봅시다. 작가는 이 책에서 자신의 결혼과 이혼 이야기를 담담하고도 솔직하게 풀어냈습니다. 결혼은 많은 사람들에게 인생의 숙제 같은 주제지만, 그는 거부감이나 괴로움을 감추지 않고 자신의 경험을 솔직하게 드러냈습니다.

> "이를 테면 어느 날 욕실 문을 노크도 없이 열고 들어갔을 때 구석에서 쭈그리고 앉아 허벅지 안쪽의 때를 밀고 있는 배우자의 모습과 자세를 발견하곤 당황하는 것."
>
> —『보통의 존재』 중에서

자기 자신을 솔직하게 고백하는 것은 쉽지 않은 일이지만, 그게 에세이를 더욱 강력하게 만들어줍니다. 독자들은 솔직한 이야기 속에서 작가의 삶을 엿볼 수 있고, 자신의 삶과 연결지어 생각하게 되죠. 작가가 자신의 마음을 열면, 독자들도 마음을 열어 함께 그 세계를 들여다볼 수 있게 되는 거죠.

또 에세이는 소설에서 볼 법한 살인사건 같은 소재보다는 카페에 가서 커피를 마시는 것처럼 일상의 소소한 이야기를 다루는 경우가 많습니다. 현재 출판 시장에서 잘나가는 책들도 모두 일상의 소소함을 이야기한 것들이죠. 이런 에세이는 우리가 무심코 지나쳤던 시간을 조금 더 의식하고 감사할 수 있게 만들어줍니다. 반복되는 일상 속에서 사소한 순간에 아름다움을 느낄 수 있게 합니다.

에세이와 에피소드

저는 보통 에세이 과제를 내줄 때 A4용지 1장에서 2장 사이로 글을 써오라고 합니다. 200자 원고지로 환산하면 8매에서 12매 정도가 되죠.

하나의 주제를 깊이 있게 다루려면 두세 가지 에피소드를 사용하는 것이 좋습니다. 더욱 풍부한 이야기가 만들어질 수 있기 때문입니다. 작가의 경험이나 감정을 구체적이고 다양하게 보여주기에 독자는 주제를 더욱 명확하게 이해할 수 있습니다.

에피소드들은 글의 흐름과 구성을 강화해주는 역할을 합니다. 자연스러운 전개가 중요한 에세이에서 글의 유기적 연결을 돕는 것이죠. 따라서 글을 쓸 때는 각각의 에피소드들이 서로 연결되면서 하나의 큰 이야기로 이어지게 하면 됩니다.

에세이와 감응력

어떤 것에 영향을 받아 마음이 움직이는 힘을 감응력이라고 합니다. 쉽게 말해 공감력이라고 할 수 있습니다. 모두를 대상으로 하는 글보다는 오히려 타깃 독자가 뚜렷한 글이 감응력이 높습니다. 글에 진심이 녹아들기 때문입니다.

김재용 작가의 에세이 『엄마의 주례사』는 제목부터 타깃 독자가 뚜렷합니다. 결혼을 앞둔 딸들이 읽기에 딱 맞는 제목이죠. 엄마와 딸의 마음을 다루었기에 누구보다 진솔한 감정이 느껴지게 됩니다. 작가는 이처럼 독자

들의 관심사나 감정을 고려해 글을 구성하고 독자들이
공감할 수 있는 내용을 담아내기 위해 노력해야 합니다.

에세이와 소재

무슨 소재로 글을 써야 할지 모르겠다고 말하는 학
생들이 많습니다. 어쩌면 그것은 자신이 준비해온 재료
가 너무 시시하다고 생각해서가 아닐까 해요. 더 멋진
주제로 글을 써야 한다는 완벽주의 성향 때문일 수도
있고요. 때로는 단순하고 일상적인 주제에서도 깊은 사
유가 나올 수 있습니다.

무엇을 쓸까 고민되세요? 본인의 경험을 쓰시면 됩
니다. 자격증을 취득했던 과정, 여행 이야기, 육아 등 뭐
든 좋습니다. 거창한 생각과 부담감을 버리고 가까이에
서 소재를 찾아보세요. 나만의 경험은 누구도 따라할
수 없는 독창적인 것이니까요. 저는 여러분이 소재를
외부에서 찾지 말고 자기 안에서 찾는 사람이 되면 좋
겠어요.

저는 여기에서 에세이에 자주 등장하는 소재 몇 가지

를 소개해보려고 합니다. 글쓰기로 막막함을 느끼는 분들에게 조금이나마 도움이 됐으면 합니다.

가족

여러분은 가족 하면 어떤 생각이 먼저 드세요? 가족이라는 단어만 들어도 가슴이 뭉클해지는 분도 있으실 거고, 누가 보지 않는다면 지금이라도 당장 내다버리고 싶다고 느끼는 분도 있으실 겁니다. 그래서 저는 가족을 소재로 글 쓰는 것을 참 좋아합니다. 파도 파도 끝이 없는 데다, 복잡한 관계를 드러내는 데 이만큼 좋은 소재도 없거든요.

여기서는 김별아 작가의 에세이 『우리가 사랑하는 이상한 사람들』을 소개해드리려고 합니다. 이 책은 가족을 사람 대 사람으로 사랑하는 법에 대해 말하고 있습니다. 사회가 규정한 '정상 가족'이 정말 완전한 것인가, 가족이라고 해서 늘 따뜻하고 행복해야 하는가 등에 대한 질문을 던짐으로써 독자들은 가족의 다양성과 현실성에 대해 깊은 생각을 할 수 있게 되죠. 또 가족 관계 속에서 우리 자신이 어떻게 존재하고 있는지를 생각하라고 이야기하기도 합니다. 가족에 대한 고민이 있는 분이 있다면 이 책을 읽어보면 좋을 것 같습니다.

사랑

사랑은 단연 흥미롭고 인기 있는 소재입니다. 보편적이면서도 특수한 경험을 다루기 때문이죠. 사랑은 우리에게 희열과 아픔, 성장과 깨달음을 안겨주며 지금까지 수많은 음악, 영화, 문학 등의 소재가 돼 왔습니다. 작가들이 저마다 자신만의 시각과 경험을 가지고 이야기를 전하니까 다양하고 풍성한 이야기들이 나오는 것 같아요.

제가 소개해드릴 책은 프랑스 작가 스탕달의 『연애론』입니다. 그는 밀라노 장군의 아내 마틸드와의 사랑에 실패한 후 그 과정에서 얻은 깊은 교훈을 감각적인 문체로 풀어냈어요. 연애할 때의 심리 묘사는 물론, 스킨십, 연인에 대한 의심, 연적을 이기는 법, 친구에게 연애 사실을 털어놓는 법, 바람을 피웠을 때 대처법 등에 대해서도 구체적인 예를 들어가며 자세히 설명해줍니다. 그의 문체는 마치 친근한 멘토가 우리에게 실제 상황에서 어떻게 행동해야 하는지를 알려주는 것처럼 생생하게 느껴지죠.

책이 나온 지도 벌써 200년이 흘렀지만 연애에서 마주하는 다양한 순간들에 대한 스탕달의 지혜는 여전히 유효합니다. 독자들은 그의 통찰력에 공감하며 자신만의 연애의 법칙을 발견할 수 있습니다. 혹시 지금 연애를 하고 계신 분이 있다면 『연애론』을 한번 읽어보시는 건 어떨까요?

나

사람들은 왜 '나'에 대한 글을 쓰고 싶어 할까요? 그것은 나라는 존재가 계속 변하기 때문입니다. 나에 대한 탐험이 곧 삶의 여정이기에 이 주제는 언제나 새롭죠. 끊임없이 변하고 발전하는 삶 속에서 우리는 글을 통해 자신을 깊이 이해하고 수용하게 됩니다. 많은 사람들이 에세이 소재로 '나'를 선택하는 건 바로 이 때문이죠.

나에 대한 책으로 저는 김수현 작가의 『나는 나로 살기로 했다』를 소개해드리고 싶어요. 저자는 자신의 여정을 바탕으로 스스로를 존중하고 이해하는 방법에 대해 알려줍니다. 불안과 갈등을 극복하고, 더 나은 사람으로 성장하는 방법에 대해서도 소개하고 있어요. 이

책을 통해 독자들은 자신의 내면에 집중하고, 어떻게 더 나은 삶을 살아갈 수 있는지에 대한 통찰력을 얻을 수 있습니다. '나'는 나와 독자들 모두를 위한 최고의 글쓰기 소재입니다.

어려움 극복

작가가 어떻게 자신의 어려움을 극복했는지 이야기하면 독자들은 현실적이고 실용적인 조언을 받게 됩니다. 또 위로와 공감을 얻게 됩니다.

백세희 작가의 『죽고 싶지만 떡볶이는 먹고 싶어』가 좋은 예가 될 수 있을 듯합니다. 저자는 10년 넘게 기분부전장애, 즉 가벼운 우울증 증상이 지속되는 상태와 불안장애를 겪었다고 합니다. 이 책은 치료를 위해 여러 정신과를 전전하던 저자가 자신의 마음과 잘 맞는 선생님을 만나 12주간 상담을 받으며 나눈 대화를 기록한 책입니다. 우울증과 불안장애의 현실적인 측면을 다루면서도 자신만의 방식으로 그것들을 극복해나가는 모습을 보여줍니다. 독자들도 작가가 겪은 어려움과 갈등에 공감하며 위로를 얻게 됩니다.

취미

취미는 나이, 성별, 직업 등과 상관없이 많은 이들에게 관심을 불러일으키는 주제입니다. 취미를 에세이 소재로 사용하면 자신의 열정과 가치를 독자들과 공유할 수 있는 좋은 기회가 됩니다. 독자를 새로운 세상으로 안내할 수 있고, 같은 취미를 가진 독자들과는 '내적 친밀감'을 형성할 수 있을 것입니다.

스토리닷 출판사의 『내가 좋아하는 것들』 시리즈는 독특하고 다양한 취미를 다루는 에세이 시리즈입니다. 산책, 요가, 아로마, 제주, 드로잉, 커피, 쓰기 등 다양한 취미를 소재로 한 책들이 출간됐습니다. 작가들의 열정과 에너지가 느껴져 한때 재미있게 읽었던 기억이 있습니다. 여러분도 좋아하는 취미로 에세이를 한번 써보시는 건 어떨까요?

04

글을 쓰고 나서

해야 할 일

퇴고

초고를 완성하고 나면 무엇을 해야 할까요? 바로 여러 번의 퇴고입니다. 퇴고란 수정을 통해 글의 완성도를 높이는 과정을 말하는데요. 이 단계에서는 오탈자와 문법적 오류가 있지는 않은지, 같은 말이 반복적으로 사용되고 있지는 않은지, 글의 흐름과 조화에 맞는 문장과 단락이 사용되고 있지는 않은지 등에 주목해 글을 고쳐나가야 합니다.

퇴고할 때는 컴퓨터 파일로도 보고 출력해서 인쇄물로도 보는 게 좋습니다. 느낌이 다르기 때문입니다. 컴퓨터 파일로 봤을 때 놓쳤던 부분을 인쇄물에서 발견하는 경우가 종종 있습니다. 따라서 퇴고 과정에서는 컴퓨터 파일로 확인하면서 빠르게 수정하고, 그 후 인쇄물로도 확인해서 최종적으로 정확하고 완벽한 작품을 만들어내는 것이 좋습니다. 두 가지 방법을 함께 사용하면 훨씬 더 높은 품질의 글을 완성할 수 있습니다.

글은 김치와도 같아서 숙성할수록 다른 맛을 냅니다. 그러므로 시간 차를 두고 보는 게 좋습니다. 묵혀두고 시간이 지난 후에 보면 미처 발견하지 못했던 곳이 보입니다. 마치 다른 사람이 쓴 글을 읽는 듯한 느낌을 받을 수 있습니다. 이렇게 객관적으로 글을 살펴보면서 어렵거나 흐름을 방해하는 부분을 수정하고 필요한 부분을 추가해 글의 완성도를 높일 수 있습니다.

또 글을 일정 기간 묵혀두면 글을 쓰는 시점에서 생각하지 못했던 새로운 관점이나 표현 방법이 떠오를 수 있습니다. 따라서 글을 완성한 후에는 적어도 하루 이상의 시간을 두고 다시 읽어보는 것이 좋습니다.

다른 사람과 함께 글을 고치는 방법도 있습니다. 바로 합평입니다. 합평은 다양한 사람들의 시각을 수용할 수 있는 기회입니다. 각자의 경험과 배경에 따라 다른 관점을 제시하여 풍부한 피드백을 받을 수 있습니다. 다른 사람이 내 글을 보면서 내가 발견하지 못한 오류나 개선점을 찾아내고 피드백을 줄 수 있습니다.

하지만 합평을 통해 얻은 피드백은 일관성이 없을 수 있습니다. 각자의 취향이나 스타일이 다르기 때문입니다. 멘탈이 약한 작가는 다른 사람의 평가에 상처를 받을 수 있으므로 피드백을 필터링하고 자신만의 목소리를 유지하는 것이 중요합니다.

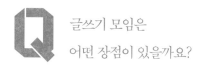 글쓰기 모임은
어떤 장점이 있을까요?

글쓰기 모임의 장점은 무엇일까요? 바로 글쓰기 동료를 얻을 수 있다는 점입니다. 글쓰기는 외로운 작업입니다. 곁에서 내 글을 봐주고 응원해주는 사람이 있다는 건 큰 힘이 되죠. 또 잘 쓴 동료의 글을 보면 좋은 자극을 받을 수 있습니다. '어떻게 하면 나도 글을 잘 쓸까?' 하고 고민하게 되죠. 공모전에 당선됐다든지 글쓰기로 좋은 소식이 있는 동료를 축하하는 소소한 재미도 있습니다. 글쓰기 동료를 얻었다는 건 엎고 엎여서 산을 오르는 것과 같습니다. 서로에게 자극을 주고 다함께 글쓰기라는 큰 산의 정상을 향해 오르게 만들죠. 1대1 강의도 좋지만 기회가 있다면 함께 글을 써봅시다. 여러분을 더욱 풍요로운 글쓰기 세계로 안내해줄 것입니다.

일물일어

프랑스 소설가 귀스타프 플로베르를 아시나요? 『마담 보바리』를 쓴 작가로 유명하죠. 플로베르는 이렇게 말합니다.

"하나의 사물과 그것의 개념을 설명하는 데에는
오직 하나의 말밖에 없다"

사물이나 개념을 정확하게 표현하기 위해서는 그에
걸맞은 단어를 사용해야 합니다. 사물이나 개념은 고유
한 특성을 담고 있기 때문에 그에 적합한 단어를 선택
하여 표현해야 그 본질을 잘 전달할 수 있겠죠.

단어를 정확하게 쓰려면 먼저 단어의 뜻을 제대로 알
고 있어야 합니다. 사전을 찾아보는 게 가장 훌륭한 방법
인데요. 특히 한국어는 한자어로 된 유의어가 많아 한 글
자 차이로 문장 전체에 미묘한 뉘앙스 차이를 만들어내
는 경우가 많습니다. 이럴 때는 사전에 수록된 예문을 확
인하면서 구체적인 느낌 차이를 확인하는 것이 좋습니
다. 단어의 어원을 파악하는 것도 좋은 방법이겠죠.

정확한 단어로 구성된 문장은 감각적이고 미려한 느
낌을 줍니다. 퇴고 과정에서 자신이 쓴 단어를 살펴보
면서 더 정확하고 아름다운 글을 만들기 위해 노력해보
세요.

탈고

탈고란 한마디로 원고 작업을 마쳤다는 뜻입니다. 탈고 시 확인해야 할 몇 가지 사항들이 있습니다. 우선 작품의 가독성을 높이기 위해 들여쓰기와 문단 나누기를 했는지 꼼꼼히 확인해야 합니다. 들여쓰기를 제대로 적용하여 문장과 문단을 구분하고, 적절한 문단 나누기를 통해 작품의 구성을 논리적이고 읽기 쉽게 만들어야 합니다.

다음으로는 작품의 끝을 명확하게 표시해야 합니다. 작품의 마지막에 〈끝〉이라는 표시를 해서 작품이 완결된 것임을 알려주는 것이 좋습니다. 이렇게 함으로써 심사위원이나 평가자들이 작품의 끝을 확실히 알 수 있게 됩니다.

마지막으로 공모전이나 출판사에서 요구하는 분량을 꼭 확인해야 합니다. 초과 또는 부족한 분량으로 응모하는 경우에는 심사에서 불리할 수 있으므로 작가는 요구사항을 정확히 숙지하고 그에 맞게 작품을 준비해야 합니다. 소설의 경우 공모전마다 200자 원고지 70매를 원하는 곳도 있고 80매를 원하는 곳이 있습니다. 그럴 경우 두 가지 버전의 분량을 만들어서 준비하는 게 좋습니다.

가독성을 떨어뜨리는 요소들

좋은 문장은 의미 있는 내용을 담고 있고 가독성이 좋아야 합니다. 표현이 아무리 훌륭하더라도 내용이 희미하거나 가독성이 떨어지면 원하는 효과를 내기 어렵습니다. 아래 소개한 네 가지는 그동안 학생들을 가르치면서 목격한 가독성을 떨어뜨리는 요소들입니다.

들

김정선 작가는 『내 문장이 그렇게 이상한가요?』에서 들을 너무 많이 쓴 문장은 들들들 거린다며 재봉틀 원고 같다고 표현하기까지 했는데요. 참 인상 깊은 표현입니다. '들'을 쓰는 이유는 영문 번역체를 그대로 쓴 탓입니다. 문학상 수상 작품도 이런 경우가 허다합니다. '들'을 붙이지 않아도 복수임을 알 수 있는 경우가 많습니다. 잘못된 예시를 한번 볼까요?

그 가게에서는 과일들을 많이 팔고 있다.

이 문장은 틀린 문장입니다. 두 예문은 '들'을 붙이지 않아도 되는 문장입니다. '여러' 또는 '많은'이 있으므로 복수임을 알려줍니다. 그래서 '들'이 필요 없습니다. 또한 '과일'은 낱개가 아닌 집단을 나타내는 단어입니다. 복수형으로 쓸 이유가 없습니다. 다음 문장에도 불필요한 '들'이 사용됐습니다.

잡다한 생각들이 멈추지 않았다.

'생각'은 추상명사입니다. 추상명사는 추상적 개념을 나타내는 명사이므로 보통 단수 취급합니다. 그래서 '들'이 필요없습니다.

의

'의'는 많은 사람들이 습관처럼 쓰는 조사입니다. 단어와 단어 사이에 넣으면 대부분 말이 되기 때문이죠. 하지만 '의'를 너무 많이 사용하면 문장이 길어지고 의미 전달이 어려워지는 경우가 생깁니다. 따라서 '의'가 없어도 뜻이 명확한 경우라면 되도록 깔끔하게 정리해주는 게 좋습니다.

드라마의 한 장면

⇨ 드라마 한 장면

정치의 문제

⇨ 정치 문제

것

의존명사 '것'은 추상적으로 사물, 일, 현상 등을 일컫는 말로 사용됩니다. 이 단어는 구체적이지 않습니다. 그래서 가능한 한 피하는 게 좋습니다. 표현을 더 명확하게 만들 수 있는 대안이 있다면 그 단어를 사용하면 됩니다. 이렇게 하면 문장이 더 간결해지고 읽기 쉬워집니다.

네 것 어디 있어?

⇨ 네 칫솔 어디 있어?

사랑은 우리에게 가장 중요한 것이다.

⇨ 사랑은 우리에게 가장 중요한 가치다.

접속사

여러분은 글을 쓰실 때 접속사를 얼마나 자주 사용하시나요? 접속사란 문장과 문장을 연결해주는 역할을 하는 부사를 말합니다. 그런데, 그리고, 그러나 등이 대표적인 접속사들이죠. 이들은 문장 사이의 논리적인 관계를 나타내며, 문장의 의미를 보다 명확하고 순차적으로 전달하는 데 도움을 줍니다.

저는 접속사 없이 문장과 문장을 잇는 것도 결이 좋다고 표현합니다. 문장들이 더욱 간결한 느낌을 줄 수 있기 때문입니다. 다음 문장을 볼까요?

> 아침에 몸이 좋지 않았다. 그러나 다행히 오후에는 괜찮아졌다.
> ⇨ 아침에 몸이 좋지 않았다. 다행히 오후에는 괜찮아졌다.

어때요, 조금 더 깔끔하고 세련된 느낌이 나지 않나요? 한번 습관처럼 쓰는 접속사를 빼고 문장과 문장을 이어보는 연습을 해보는 게 어떨까요? 신기하게도 많은 접속사들이 불필요했다는 걸 알게 되실 겁니다.

투고

소설이든 에세이든 한 편의 글을 완성했다면 그 다음에는 어떻게 해야 할까요? 바로 내 글을 세상 밖으로 내보낼 준비를 해야 합니다. 습작에 의의를 두는 것도 괜찮겠지만 많은 사람들이 읽게 되면 더욱 의미 있는 글이 되겠죠. 작가를 꿈꾸는 분이라면 공모전이나 출판사에 자신의 글을 투고해보는 게 어떨까요?

공모전 투고 요령

공모전마다 원하는 분량이 다릅니다. 분량이 맞는 지확인하는 건 필수입니다. 분량 조절에 실패하면 내 글이 심사위원에게 읽히지도 않을 수 있으니까요.

마감 날짜 역시 중요한데요. 보통 우편이나 이메일로투고하게 됩니다. 공모전에 따라 우편 접수만을 원칙으로 하는 곳도 있습니다. 그럴 경우 마감 2일 전에는 우체국에 가서 접수를 하는 센스가 있으면 좋겠죠.

소설이나 시 공모전은 매달 새롭게 올라올 정도로 기회가 많습니다. 신춘문예는 주로 12월에 몰려 있으나계간지나 월간지 문학잡지는 자주 공모가 올라옵니다.

등단을 꿈꾸시는 분들에게는 기회가 자주 있는 셈이죠. 문학 공모전을 알려주는 사이트로는 '엽서시문학공모전'이 가장 유명합니다.

반면 에세이 공모전은 소설 공모전에 비해 많지 않습니다. 가장 추천드리고 싶은 곳은 잡지사 좋은생각 홈페이지에 마련된 '원고응모' 코너입니다. 당선이 되지 않아도 투고한 분에게는 기념으로 『좋은생각』 잡지 한 권이 집으로 배달돼 옵니다. 그러니 한번 도전해보시는 게 어떨까요.

공모전에 당선되면 보통 이메일이나 전화로 당선소식을 듣게 됩니다. 발표 날짜가 다가온다면 수시로 이메일을 확인해보고 낯선 번호로 부재중 전화가 와 있지는 않은지 꼭 살펴볼 필요가 있겠죠.

출판사 투고 요령

출판사에는 하루에도 수십 개의 투고 이메일이 들어옵니다. 바쁜 편집자들이 그 많은 원고를 다 훑어보기란 불가능한 일이겠죠. 따라서 투고 메일을 보낼 때는 핵심만 간단히, 한 번에 한 출판사에만 원고를 투고하는 것이 좋습니다.

원고만큼이나 중요한 것은 매력적인 출간계획서입니다. 출간계획서에 들어갈 항목은 책 제목, 저자소개, 기획의도, 연락처, 출간 희망 시기, 목차, 경쟁 도서와의 차별점 등입니다. 이때 작가로서 어느 정도의 홍보 역량이 있는지를 어필하는 것이 중요합니다. 블로그나 브런치, 유튜브나 인스타그램 등에서 활발하게 활동하고 있다면 구독자 수는 어떻게 되는지, 향후 홍보는 어떻게 진행할 것인지, 강연이나 강의가 가능한지 등을 최대한 상세하게 적어주면 좋겠죠.

메일을 보낸 후에는 마음을 비우고 기다려야 합니다. 원고를 마음에 들어하지 않은 출판사는 답장을 해주지 않거나 'OO님께서 보내주신 소중한 원고 잘 읽었습니다. 저희 출판사의 방향과는 맞지 않아서 아쉽게도 다음 기회에 함께 해야 할 것 같습니다'와 같은 답장을 보내올 것입니다. '퇴짜 맞지 않은 베스트셀러 작가는 없다'라는 말이 있습니다. 아무리 좋은 원고라도 출판사에 따라 입맛이 다를 수 있기 때문에 내 글이 채택되지 않더라도 낙담은 짧게만 하는 게 좋습니다. 출판사에 투고할 때는 좌절하지 않고 오뚜기처럼 다시 일어서는 자세가 필요합니다.

전자책 등록하기

전자책(e-book)이란 컴퓨터나 태블릿, 스마트폰 등의 전자 기기를 통해 읽을 수 있게 만든 디지털 방식의 책을 말합니다. '교보문고', '예스24', '알라딘', '밀리의 서재' 같은 플랫폼에서는 한 권씩 다운로드받거나 정기구독을 하는 방식으로 책을 읽을 수 있죠.

우리가 전자책 만드는 것을 고려해야 하는 이유는 종이책에 비해 제작 비용이 거의 들지 않고 등록이 쉽기 때문입니다. 전자책을 판매하거나 이를 기반으로 강연을 개최해 수익을 창출할 수 있습니다.

전자책을 유통하는 방법에는 크게 두 가지가 있습니다. 플랫폼을 통하거나 대형 온라인서점을 통하는 것이죠. 많은 분들이 사용하고 있는 대표적인 플랫폼으로는 '크몽', '탈잉' 그리고 '유페이퍼'가 있습니다. 플랫폼마다 적합한 책의 형태, 수수료, 입점 가이드가 다르므로 잘 살펴본 후 자신에게 가장 맞는 곳에 책을 등록하면 됩니다.

대형 온라인서점으로는 '교보문고', '예스24', '알라딘' 등이 있습니다. 이곳에 전자책을 등록하려면

ISBN(국제표준도서번호)이 필요합니다. ISBN은 국립중앙도서관 홈페이지에 들어가 가입한 후 발급받으면 됩니다. 이미 출판사 등록이 돼 있는 경우에는 직접 발급신청하면 되지만, 등록이 돼 있지 않은 경우에는 앞에서 소개한 유페이퍼와 같은 플랫폼을 통해 등록 대행을 할 수 있습니다.

이렇게 만든 전자책은 우리의 인생을 어떻게 바꿀 수 있을까요? 우선 전자책 출간을 하게 되면 네이버에 '작가'로 인물등록을 할 수 있게 됩니다. 후속작을 출간하는 경우 더 많은 독자들을 만날 수도 있겠죠. 그 과정에서 자연스레 팬덤도 구축되고 마케팅 효과도 얻을 수 있습니다. 이러한 일련의 활동은 작가 자신의 홍보는 물론 단행본 출간에도 도움이 됩니다.

초보 작가들은 '마케팅과 홍보는 출판사가 해주는 거 아니야?'라고 생각합니다. 하지만 책을 홍보할 때 가장 중요한 요소는 바로 나 자신입니다. 작가가 얼마나 적극적이고 진취적으로 활동하느냐에 따라 책의 운명도 달라집니다. 저를 예로 든다면 종이책이 아닌 전자책으로 작가와의 만남 행사를 하려고 전국 팔도의 독립서점을 알아보았습니다. '행사를 하면서 책을 팔려면 종이책이어야 한다'라며 거절한 곳도 있었습니다. 수소문 끝에 행사를 주최해준 고마운 독립서점들이 몇몇 있었습니다. 활발하게 활동하는 모습을 보고 제 전자책을 내주신 출판사 사장님께서 덩달아 좋아하실 정도였죠. SNS나 블로그, 유튜브 등으로 적극적인 홍보를 하신다면 전자책 하나로도 여러분의 인생이 바뀔 수 있습니다.

04 글을 쓰고 나서 해야 할 일

{ 글쓰기에 도움을 주는 책 }

문장력 강화에 도움을 주는 책

- 내 문장이 그렇게 이상한가요?(유유, 2016)
- 결국은 문장력이다(앤페이지, 2022)
- 어른의 문장력(더퀘스트, 2022)
- 한 문장이라도 제대로 쓰는 법(21세기북스, 2023)

글쓰기 동기부여를 주는 책

- 강원국의 글쓰기(메디치미디어, 2018)
- 열 문장 쓰는 법(유유, 2020)
- 작가는 처음이라(다산북스, 2020)
- 책 한번 써봅시다(한겨레출판, 2020)
- 오후의 글쓰기(큐리어스, 2021)

에세이 쓰기에 도움을 주는 책

- 에세이를 써보고 싶으세요?(호우, 2018)
- 에세이 만드는 법(유유, 2021)
- 에세이 만들기, 기획이 먼저다(북사인, 2021)
- 방구석 일기도 에세이가 될 수 있습니다

  (더퀘스트, 2022)

소설 쓰기에 도움을 주는 책

- 나도 로맨스 소설로 대박 작가가 되면 소원이 없겠네

  (앵글북스, 2017)
- 웹소설 써서 먹고삽니다(길벗, 2021)
- 장르소설 입문자를 위한 글쓰기(북오션, 2021)
- 캐릭터 직업 사전(월북, 2021)
- 첫 문장의 힘(월북, 2022)

잘 쓰겠습니다

초판 1쇄 인쇄 2024년 1월 20일

초판 1쇄 발행 2024년 1월 30일

지은이 김연준

펴낸이 김정동

편집 김승현 마케팅 나윤주 김혜자 최관호

펴낸곳 서교출판사

주소 서울시 마포구 성지길(합정동) 25-20 덕준빌딩 2층

전화 02-3142-1471(대) 팩스 02-6499-1471

이메일 seokyobook@gmail.com

블로그 http://blog.naver.com/seokyobooks

홈페이지 http://seokyobook.com

페이스북 @seokyobooks 인스타그램 @seokyobooks

ISBN 979-11-89729-89-9 (03800)

출판 관련 원고나 아이디어가 있으신 분은 seokyobook@gmail.com 으로
간략한 개요와 취지 등을 보내주세요. 출판의 길이 열립니다.